오늘 하루 어떻게 사시려고

오늘 하루 어떻게 사시려고

김홍식 지음

HOW TO LIVE A DAY

다연
DAYEONBOOK

하루를 사는 법!

불행한 100년과 행복한 하루,
100년을 불행하게 사는 것보다
하루라도 행복하게 사는 것이 낫다.

남이
나의 하루를
망치게 하지 마세요.

오늘 하루는
나에게
달려 있습니다.

오늘 하루
어떻게 사시려고?

오늘 하루

어떻게 사시려고?

적당히 사시려고?

적당히 살면 적당한 것도 얻을 수 없습니다.

화(火)내며 사시려고?

불은 가장 먼저 자신을 태운다는 것을 기억하시기를…….

미워하며 사시려고?

누굴 왜 미워하시는데?

미워하면 뭐가 좋으신데?

미워해서 좋은 게 하나라도 있을까요?

그런데 그 나쁜 일을 왜 하시려고?

그 결과는 누구에게 손해일까요?

화내는 것과 미워하는 것은

그 대상보다 나를 100배쯤 더 힘들게 합니다.

그들은 돌아서서 생각합니다. 미친 놈!

그러고는 나에 대한 모든 것을 그의 머리에서 깡그리 지우고 태평하게 하루를 잘 지낼 것입니다.
남을 미워하면 나만 힘들 뿐입니다.
화낼 일이 있어도, 미운 사람이 있어도 나를 위해
나의 오늘 하루를 위해 웃어넘겨야 합니다.

오늘 하루는 나에게 달려 있습니다.
나의 오늘은 내가 만들어가는 것입니다.
남이 나의 하루를 망치게 하지 마세요.
남에게 나의 하루를 넘기지 마세요.
남이 내 하루에 침범하지 못하게 하세요.
나의 하루를 채울 사람은 남이 아닌 나 자신입니다.
남의 감정으로,
남의 생각으로,
남의 말로 내 하루를 채우지 말고
가장 아름다운 것으로
나를 행복하게 할 것으로
나 자신으로 오늘 하루를 만들어야 합니다.

C/O/N/T/E/N/T/S

How to live a day 1

+

하루를 사는 법

How to live a day 2

+

너와 함께 사는 법

How to live a day 3

+

사물과
함께 사는
법

How to live a day 4

+

성공학에 딴죽을 걸다

How to live a day 5

+

진리와 농담

How to live a day 1

하루를 사는 법

하루를 살며
오늘 나는 무엇이 될 것인가?
오늘 나는 어떤 인간이 될 것인가?

한 번에
하루를 살라

인생은 한 번뿐이다.

오늘은 내 생에 다시는 오지 않는 날이다.

어제 일로 오늘을 괴롭히지 말고

내일 일로 오늘을 피곤케 하지 말라.

한 번에 하루를 살라.

한 번에 한 가지 일을 하라.

한 번에 이틀을 살려 하고, 한 번에 두 가지 일을 하려 하면

골치 아프기 시작하고,

사는 것이 즐겁지도 않고,

잘되는 것은 하나도 없을 것이다.

오늘은 어제를 닫는 날이고 내일을 여는 날이다.

오늘을 잘 살면

어제는 추억이 되고 내일은 희망이 될 것이다.

오늘 나는
무엇이 될 것인가?

개가 될 것인가?

사자가 될 것인가?

늑대나 여우가 될 것인가?

불이 될 것인가?

찬바람이 될 것인가?

사람의 모양은 하고 있지만

사람이 아닌 인간들이 있다.

사람을 보면 개보다 더 크게 짖어대는 인간,

사자보다 더 잔인하게 물어뜯는 인간,

늑대보다 치사하고 여우보다 간교한 인간,

불보다 뜨겁고 얼음보다 차가운 인간.

사람이면서 사람이 아닌 것이 될 수 있다.

하루를 살며

오늘 나는 무엇이 될 것인가?

오늘 나는 어떤 인간이 될 것인가?

사람을
읽어라

책을 읽지 말라.

책 대신 사람을 읽어라.

평생 책 한 권 읽지 않은 일자무식 할머니들의 지혜가

날마다 책을 끼고 다니는 청년보다 나은 것은

사람을 읽을 줄 알기 때문이다.

한평생 책을 읽지 못했어도 세상을 보고 읽으며 살아왔기에

청춘의 예리함과 지성을 넘는 지혜를 가지고 있다.

지식을 채우기 위해 억지로 읽는 책은 사람을 교만하게 만든다.

책이 주는 지식은 말싸움의 도구가 되고,

양보의 미덕보다 경쟁의 고통을 만들어내고,

인정 넘치는 세상을 각박하게 만든다.

책보다 세상과 사람을 읽을 줄 알면 평생 살아갈 지혜를 얻게 된다.

그 후에 읽는 책은 진정한 지식이 되고, 삶을 풍요롭게 하는 양식이 된다.

책을 읽기 전에

앞사람의 표정을 읽고, 자연을 읽고,

하늘과 땅을 읽는 일자무식 노인들의 지혜를 배워라.

잘난 척하기 위해서는 책을 읽지 말라.

모든 문제의 정답은 사랑이다

세상이 시끄러운 이유는 사랑이 없기 때문이다.

엄마의 사랑은 끝없이 울어대는 어린아이도 잠재운다.

야당과 여당이 싸우는 이유는 사랑이 없기 때문이다.

정책 운운하지만 그것은 사랑이 없음을 숨기기 위함이다.

사람들이 편을 나누는 이유는 사랑할 생각이 없기 때문이다.

그들은 사랑하지 않고도 이해받기 위해 편을 나눈다.

사랑은 모든 사람을 같은 편으로 만든다.

사랑은 편을 나누지 않는다.

남녀가 다투는 이유는 사랑하지 않기 때문이다.

화가 나는 이유는 사랑이 없기 때문이다.

화는 사랑이 없는 곳에만 뿌리를 내린다.

사랑의 자리를 빼앗은 악은

사랑이라는 이름으로 악한 짓을 한다.

사람을 차별하는 이유는 사랑하지 않기 때문이다.
색이든, 외모이든, 옷이든, 가방이든, 차이든, 지식이든, 신분이든……
어떤 이유로든 사람을 무시하는 것은 사랑이 없기 때문이다.
헤어지자는 연인을 찾아가서 칼을 휘두르며 같이 죽자고?
그게 무슨 사랑인가?
폭력이지!
사랑의 흔적을 사랑으로 착각하고 있는 것이다.
사랑은 흔적을 남긴다.
그러나 흔적의 자리에 원망이 들어앉으면
원망을 사랑으로 착각한다.

다투고 있는가?
사랑이 없기 때문이다.
속상하고, 괴로운가?
사랑이 없기 때문이다.
기분이 나쁜가?
사랑이 없기 때문이다.
억울해서 잠이 안 오는가?
사랑이 없기 때문이다.
큰소리를 치고 있는가?
사랑이 없기 때문이다.
약을 먹고 밥을 먹듯 사랑을 먹으면

모든 아픔은 씻은 듯이 나을 것이다.
문제가 꼬이는 이유는 사랑이 없기 때문이다.
다투고, 따지고, 계산하고, 원리 원칙을 내세우는 이유는
사랑하지 않기 때문이다.
수학, 국어, 영어 문제를 풀지 못하는 것은
문제를 풀 만큼 사랑을 받지 못해서이다.

사랑은 계산하지 않는다.
누가 더 많이 내고, 누가 손해 보고,
누가 더 유리한가를 생각하는 딱 한 가지 이유는
사랑하지 않기 때문이다.
그 후로 만들어내는 모든 말은
사랑하지 않는 것을 숨기려는 핑계를 찾는 것이다.

사랑하면 아무것도 안 따진다.
사랑이 식으면 따지기 시작한다.
아무리 잘 따져도 결국엔 상처와 아픔을 남기게 된다.
법과 원칙은 사랑하지 않을 때 필요한 도구일 뿐이다.
자식을 법으로 키우는 부모는 없다.
법으로 보면 모든 자식은 배은망덕이다.
연애를 법대로 하는 남녀는 없다.
무작정 좋아서 하는 것이 연애다.

사랑이 자리를 비우면 법과 원칙이 그 자리에 들어앉는다.

세상에 문제가 많은 이유는 사랑이 부족하기 때문이다.

사랑이 있는 곳에서는 어떤 문제도 일어나지 않고

사랑으로 풀리지 않을 문제는 없다.

모든 것을 사랑하면 아무것에도 상처를 받지 않는다.

아무것도 사랑하지 않으면 모든 것에 상처를 받는다.

사랑은 세상 모든 문제의 정답이다.

How to live a day 01

+

하늘이 무너져도 나는 살아야 한다

나라가 망해도 나는 망할 수 없다.
나라는 생명이 아니지만 나는 생명이기 때문이다.
기관은 망해도 개인은 망할 수 없다.
기관은 숨 쉬지 않지만 개인은 숨을 쉬기 때문이다.
꼴찌를 해도, 망신을 당해도 나는 살아야 한다.
계속 사는 것만이 내가 할 수 있는 유일한 길이기 때문이다.
어떤 상황에서도 사는 것 외에 다른 길은 없다.
살아 있기만 해도 충분히 가치 있는 생명이기에
하늘이 무너져도 나는 살아야 한다.

그렇게 살면 어떻게 되는데?

큰소리치고 사는 사람들,

외골수로 사는 사람들,

안하무인으로 사는 사람들.

그렇게 살면 어떻게 되는지 알기나 할까?

삶은 사는 대로 지어지는데

그들은 끝을 생각하지 않고 사는 것 같다.

막살면 막가다가 막다른 길에서 멈추게 되고

뵈는 게 없이 살면 앞가림을 못 해서 넘어질 것이고

싸우고 또 싸우면 결국엔 싸울 수도 없게 될 것이고

아무 생각 없이 살다 보면

언젠가는 배부른 돼지가 될 수 있으려나?

분명 그렇게 될 거라고 생각하지는 않을 텐데!

그렇게 끝까지 가면

어떻게 되는지 생각은 하고 있을까?

우리는

다른 사람이 욕심을 낼 때

겁을 내려 하고, 다른 사람이 겁을 낼 때만

욕심을 부리곤 하지.

_워런 버핏

아직도
울고 있는가?

울고만 있으면 뭐가 달라지는데?

무슨 일인지 모르지만

이제 그만 울고 새 일을 시작해야 한다.

시간이 지나면 슬픔도 잊어야 한다.

슬픔에 멈춰 있으면 슬픔이 발목을 잡는다.

삼일장을 치르는 이유는

부모가 돌아가셔도

삼 일을 울었으면

다시 삶을 시작하라는 뜻이다.

충분히 울었으면

울음을 그치고 다시 웃어야 한다.

슬픔으로는 행복을 찾을 수 없다.

슬픈 일이 있을 때는 울어야 하나

그칠 때를 알아야 한다.

슬픔을 이길 새 일을 찾아야 한다.

관계로 울기 시작했으면

웃음으로 관계를 다시 시작하고,

일이 슬픔을 주면

기쁨을 주는 일을 찾아야 하고,

사람이 슬프게 했으면

기쁨을 줄 사람을 찾아야 한다.

그렇게 울고 있지만 말고.

인생은 모든 순간으로 이루어진다

하늘을 날 것 같은 행복한 하루는
땅속에 처박힌 것 같은 많은 날을 견딘 결과이다.
인생은 특정한 하루만으로 이루어지지 않는다.
평범한 많은 날들에 특별한 하루가 더해진 것이 인생이다.
기분 좋은 날,
합격한 날,
운 좋은 날만 인생을 구성하지 않는다.
아무 의미 없는 날들도 인생을 이루는 요소이다.
할 일 없이 성과 없이 낭비한 것 같은 날들도
인생을 이루는 데 필요한 똑같은 날들이다.
철없던 어린 시절이 없는 어른은 없고,
못하던 시절,
실수하고 넘어지고 사고 내던 시절 없이 성장한 사람은 없다.
그 모든 것들로 인해 한 인생이 이루어진다.
뜻대로 되는 날도 안 되는 날도
인생에는 다 필요하다.

몸을 움직여
기분을 바꿔라

마음을 바꾸기 위해서는
마인드 컨트롤보다 몸을 움직이고 장소를 바꾸는 것이 낫다.
땀 흘리는 운동 후에 상쾌한 기분이 드는 것은
신체의 변화가 마음을 바꾸기 때문이다.
마음이 감당할 수 없는 일을 당하면
마음에만 맡기지 말고 몸을 통해 악한 기운을 배출해야 한다.
몸으로 마음을 바꾸는 것이 의지로 기분을 바꾸는 것보다 쉽고 빠르다.
불쾌감, 슬픔, 지루함, 울분, 서운함, 열등감 등은
피할 수 없이 당해야만 하는 감정이 아니다.
비를 피하기 위해 우비를 입거나 우산을 쓰거나 처마 밑으로 들어가고,
바람을 피해 돌아서거나 실내로 들어가듯
정서의 비바람도 피할 수 있다.
일부러 폭우 속을 달리는 것처럼
부정적 감정에 스스로 빠져들지 말고 몸을 움직이면

감정의 폭우에서도 헤어날 수 있다.

지나치게 몸을 아끼면 슬픈 감정에서 빠져나올 수 없다.

청소하고, 빨래하고, 연락하고, 돌아다니고

이 사람 만나고 저 사람 만나며, 분주하고 바쁘게 사는 것은

기분을 조절하는 아주 좋은 습관이다.

대통령이 아니면

나라 걱정으로 밤을 새우지 말라

대통령은 나랏일을 하는 사람이고
나는 내 일을 하는 사람이다.
대통령이 내 일을 간섭하면 불법 사찰이 되고
내가 대통령 일을 간섭하면 국정 간섭이 된다.
대통령은 나랏일로 대접받고, 월급 받고, 존경이라도 받지만
내가 나라 걱정하면 월급은커녕, 욕먹고, 눈총받고,
분수도 모르는 인간이 될 수 있다.
대통령이 아니면 나랏일로 밤을 새우지 말라.
사장이 아니면 회사 일로 가정을 괴롭히지 말라.
선생이 아니면 남의 성적을 평가하지 말고,
판사가 아니면 남의 재판을 결정하지 말고,
당사자가 아니면 남의 말에 끼어들지 말고,
관계자가 아니면 출입하지 말라.
아무 잘못 없어도 나쁜 놈으로 취급받을 수 있다.

살아남아라,
무슨 짓을 해서라도

무슨 일을 당해도, 어떤 상황 속에서도
살아남는 것보다 더 중요한 것은 없다.
무슨 꼴을 당해도 살아남는 자가 이기는 것이다.
살아남기 위해서 하는 짓은 추하고 초라해도 위대한 것이다.
초라함을 이기지 못해 살아남는 것을 포기하면
그는 초라함보다도 더 초라한 인생,
누추함보다 더 누추한 인생으로 끝나게 된다.
살아남아야 회복을 기약할 수 있기에,
살아남기 위해 발버둥 치는 것은
비겁한 짓도, 형편없는 짓도 아니다.
미래를 위한 가장 지혜로운 현재의 처신일 뿐이다.
살아남아라, 무슨 짓을 해서라도.
그래야 끝장을 볼 수 있다.

하늘의 거룩을 말하기 전에 인간의 도리나 지켜라

진리를 따라간다는 종교인들,

영혼을 구원한다는 사람들,

신앙이 좋다고 확신하는 사람일수록

인간의 도리와 의리를 무시하는 경향이 있다.

믿음 좋다는 말은 가끔 외골수를 의미하고,

인정을 찾아볼 수 없는 사람이라는 느낌을 준다.

어떤 종교인들은 거룩을 말하지만 세속보다 못한 태도를 가지고 있다.

인간의 의리도 못 지키는 사람이 하늘의 거룩함을 지킬 수 있을까?

하늘의 거룩은 인간의 의리보다 위에 있는데

아래 것을 지키지 못하는 사람이

위의 것을 제대로 지킬 수 있을까?

숫자를 모르는 사람은 더하기를 할 수 없는 것과 같다.

할 수 있더라도, 논리도 체계도 없는 주먹구구식이다.

종교인들이여, 하늘의 거룩을 외치기 전에

인간의 의리를 지키고 친구에게 꾼 돈이나 갚아라.
사물의 현상, 물리적 신비도 다 알지 못하는 존재가
어찌 영적인 것을 다 알 수 있을까?
신령한 척, 거룩한 척 좀 하지 말고 인간적이기나 하라.
인간성도 떨어지고, 사람 사이에 있어야 할 인정도 없이
아가페, 대자대비를 외치지 말고,
밥이라도 한 끼 사고, 자기가 먹은 커피 값이나 좀 내라.

바다보다 웅대한 장관이 있다. 그것은 하늘이다.
하늘보다 웅대한 장관이 있으니
그것이 바로 양심이다.

_빅토르 위고

될 때까지
하면 된다

휴일 아침,

중요한 일로 출국해야 하는 남편이

여권을 잃어버렸다.

지갑, 가방, 옷 주머니, 집안 전체를 이 잡듯 뒤졌지만

찾지 못했다.

다시 만드는 것밖에 다른 방법은 없었다.

여권을 발급하는 모든 대행 회사는 문을 닫았다.

자포자기하고 주저앉은 남편 대신

아내가 전화를 걸기 시작했다.

응급으로 여권을 발급해줄 곳을 찾기 위해

가까운 곳부터 시작해서 범위를 넓혀가며

상황을 설명하고 간절하게 부탁하기를 50번째,

한 사람으로부터 발급해주겠다는 연락이 왔다.

전날 밤새 술을 마시고 새벽에 귀가했다가

막 잠이 든 사람이었다.

그는 술이 덜 깬 상황에서

비몽사몽간에 다시 출근해서

회사의 전체 시스템을 켜고

누구인지도 모르는 한 사람을 위해

여권 하나를 발급해주고

다시 집으로 들어가서 잠을 청했다.

남편은 아내의 끝없는 부탁으로

휴일 아침에 발급된 여권으로 출국할 수 있었다.

안 될 것 같은 일도 될 때까지 하면 되고

사람이 올 때까지 기다리면 만나고

어려운 부탁이라도 들어줄 사람을 찾으면 해결되고

수천 번 얽히고설킨 것도 풀릴 때까지 풀면 풀린다.

망연자실해 주저앉아 있으면 아무것도 안 된다.

모성의
고속버스

거제도에서 업무를 보고

승차 시간이 되기 전에 버스 터미널에 도착하였다.

우등 고속버스를 예약했는데

먼저 떠나는 일반 고속버스에 자리가 비어 있는 것이 보였다.

표를 바꾸어서 당장 출발하기로 했다.

뒤쪽 자리에 앉아 출발을 기다리고 있는데

어린애 하나를 업고 조금 큰 아이 하나를 손에 잡은

두 아이의 엄마가 마지막 승객으로 올라섰다.

내 자리에서 바로 보이는 건너편 앞쪽에 자리를 잡고 앉았다.

앉자마자 큰아이의 소동이 시작되었다.

의자 위에서 뛰다가 떨어지고, 창에 매달리고,

커튼을 잡아당기고, 앞 의자를 차고,

끝없이 물어보고, 칭얼대고,

그러는 중에 업힌 아이는 먹을 것을 달라고 보채고

작은아이에게 우유를 타 먹이며 큰아이를 제지하느라고
엄마는 정신이 없다.
그러면서 다른 사람에게 피해를 주지 않기 위해 안간힘을 쓴다.
출발한 차가 고속도로에 접어들자
불이 꺼지고 사람들은 의자에 누워 잠들기 시작했다.
나도 누워 깜박 잠이 들었다가 깨보니
아이 엄마는 불편한 자세로 아이들을 돌보고 있었다.
안쓰러운 생각이 들었지만 도와줄 방법은 없었다.
다시 잠들었다 깨니
엄마 등에 업힌 아이는 깊은 잠에 빠져 축 늘어졌고
큰아이는 아직도 의자 위에서 뛰어놀고 있었다.
엄마는 여전히 엉거주춤한 자세로
등에 업힌 아이 때문에 의자에 기대지도 못하고
엉덩이를 반쯤 걸친 상태로 큰아이를 만류하고 있었다.
나는 그런 모습을 보며 다시 잠이 들었다.

좁은 의자에서 옆사람에게 방해가 되지 않으며 잠을 자려니
잠을 자도 편하지가 않았다.
다리를 쭉 펴고 싶었고, 좌우로 굴러다니는 편한 잠자리가 그리웠다.
그러다가 눈을 뜨니 여전히 뛰는 아이와 불편한 자세의 엄마가 보였다.
얼마나 피곤할까?
얼마나 불편할까?

얼마나 눕고 싶을까?
얼마나 내려놓고 싶을까?
얼마나, 얼마나, 버스가 서울에 도착하기를 고대할까?
애들 엄마에 비하면 나는 너무너무 편한 여행을 하고 있었다.
그런데 얼굴 표정은 내가 훨씬 더 피곤해 보였다.
아이들 엄마는 저렇게 힘든 상황에서도 지친 기색 하나 없다.

참 신기했다.
편히 앉지도 못한 채로 다섯 시간을
덜컹거리는 버스 안에 젖먹이와 말썽쟁이 아이와 갇혀 있으면서도
조금도 힘들어하지 않는 저 힘은 어디서 나오는 것일까?
모성이었다.
모든 사람이 피곤함으로 잠에 빠져드는 버스 안에서
가장 힘들고 피곤해야 할 사람이
잠 한숨 자지 않고, 진짜 불편한 자세로도 거뜬할 수 있는 것은
모성의 힘 때문이었다.
엄마가 아닌 사람은 결코 가질 수 없는 힘,
아이들을 향한 모성으로만 얻을 수 있는 에너지,
가장 약한 사람을 가장 강한 사람으로 만드는 힘의 원천이었다.

세상에서
가장 재미있는 일

산 정상을 오르는 것과
땅끝에 서는 것과
하늘을 날아다니는 것과
온 세상을 다 구경하는 것도
돈 버는 재미보다 더하지는 않다.
사는 게 재미없다고 하는 사람들은
돈 버는 재미를 모르기 때문이다.

돈을 버는 재미는
재산이 늘어나는 기쁨에
자신의 능력이 향상되는 즐거움,
그 능력을 부러워하고 존경하는 주위의 관심,
스스로 살아갈 수 있다는 자부심,
언제든 쓸 것이 있다는 여유,

망해도 다시 일어설 수 있다는 자신감,
더 나아지고 있다는 안정감을 준다.

그에 비해 쓰면서 얻는 재미는 줄어드는 재미다.
가진 것이 점점 없어지고 있다는 염려,
다 떨어지면 어떻게 될까 하는 걱정,
이 재미가 언젠간 끝날 것이라는 불안감을 준다.

생각이 없는 사람은 쓰는 재미에 빠지고
생각이 있는 사람은 버는 재미에 빠진다.
어리고 철없는 사람일수록 쓰는 재미를 추구하고
성숙한 사람일수록 버는 재미를 추구한다.
쓰는 재미에 빠지지 말라!
쓰는 재미는 마약보다 강해서
가진 것이 다 떨어질 때까지 멈추지 못하게 되고
결국 가진 것을 전부 탕진하게 되고
인생도 탕진하게 된다.
소비가 주는 재미는 인생을 어둠으로 빨아들이는 블랙홀이다.

사람을 만나면
달라져야 한다

혼자 생각하고 계획한 것은

다른 사람을 만나면 바뀐다.

몇 달을 고민하고 평생을 생각한 것이라도

사람을 만나서 함께 일하기 시작하면 달라진다.

탕수육을 먹을 생각으로 친구를 만나면

그는 불고기를 먹고 싶어 한다.

그러면 계획은 바뀐다.

갈등이 시작되고 계파싸움이 시작된다.

탕수육파, 불고기파, 양식파, 한식파, 주류, 비주류…….

사람을 만나서 바뀔 수 있는 것은 미리 결정하지 말라.

다행히 상대가 따라오면 좋으나

아니면 따라가야 한다.

혼자만의 생각으로는 함께할 수 없다.

반씩 바뀌어야 하고, 절반이나 전부를 양보해야 한다.

사람을 만나면

나의 생각, 습관, 뜻, 생활은 달라져야 한다.

새 사람을 만나서도 바뀌지 않으려 하면

언제 달라질 수 있겠는가?

바뀌지 않으면 함께할 수 없고,

달라지지 않으면 갈등에 시달리다 등지게 된다.

스스로 깎아내지 않으면 부딪쳐서 깨지게 된다.

행복한 삶의 비밀은
올바른 관계를 형성하고
그것에 올바른 가치를 매기는 것이다.

_노먼 토머스

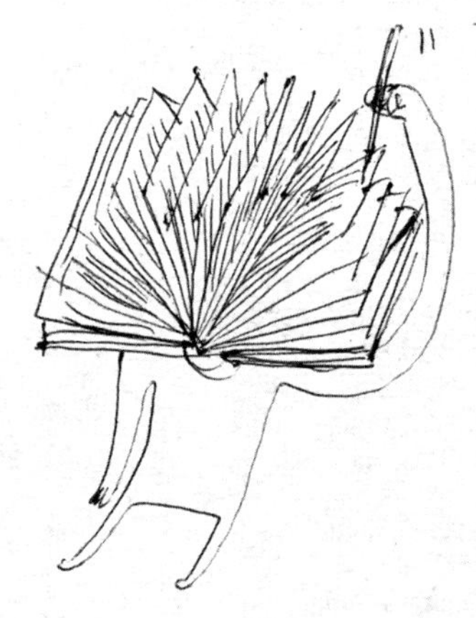

날마다
새로운 상황

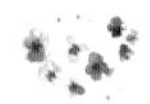

예측할 수 없는 사건을 통해

인격은 한순간에 무너진다.

만반의 태세를 갖출 만큼 인격이 성숙한 사람은 없다.

장담할 수 없는 것이 인간의 인격이다.

착한 사람도 한순간에 악당이 된다.

쿨한 사람도 단번에 막힌 사람이 된다.

착하다고 착각하지 말라!

아직 문제를 당해보지 못했을 뿐이다.

단번에 무너지는 것이 공든 탑이다.

단 한 마디, 단 한 번의 행동으로 일평생 쌓은 인격이 무너진다.

하루하루는 날마다 새로운 날이고

모든 사고는 하나하나가 독특한 사건이고

매일매일이 위기의 순간이고

모든 사람은 성질을 건드리는 대상이다.

오늘은 아직까지 겪은 적 없는 날이고
이번 일은 한 번도 해본 적 없는 일이고
잠시 후면 예측하지 못한 상황이 벌어질 것이다.
그때를 대비하지 못하면
지금까지 쌓아온 인격은 단번에 무너질 것이다.
예측으로는 새로운 상황을 대비할 수 없다.
단단히 각오해야 한다.
고지를 지키는 병사처럼
철통같은 대비로 인격과 사람됨을 지키지 않으면
폭탄 같은 한마디에 우아한 인격은 산산조각 날 것이다.

넌 빗나간 세월 앞에서 미친개마냥
미쳐버릴 수도 있어.
운명을 탓하며 욕을 할 수도 있어.
하지만 결국
끝이 다가오면 그냥 가게 놔둬야 해.

_영화 <벤자민 버튼의 시간은 거꾸로 간다>

승자는 시간을 관리하며 살고, 패자는 시간에 끌려 산다.

_ J. 하비스

재미있는
사람이 되라

재미없는 사람은 외롭다.
사람들은 본능적으로 재미를 좋아하기 때문이다.
외롭지 않으려면 재미를 가진 사람이 돼야 한다.
재미없는 사람은 몸도 아프고 마음도 아프다.
재미는 몸을 움직이게 하고 사람을 만나게 해서
몸에는 근육을 만들어주고 마음에는 만족을 주기 때문이다.

재미있는 사람은 성공한다.
재미는 사람을 불러들이고 사람은 기회를 가져다주고
기회는 성공을 실어 나르기 때문이다.
일도 봉사도 인생도 생각도 재미있어야 잘할 수 있다.

세상에는 다양한 재미가 있다.
사람마다 재미있어하는 것도 다르다.

재미는 실력에서 나오기도 하고, 태도에서 나오기도 하고,
말이기도 하고, 물건이기도 하고, 지식이기도 하고,
모양이기도 하고, 눈물이기도 하고, 기술과 능력이기도 하다.
사람을 즐겁게 하는 것들은 재미에 속한다.
어떤 재미든 사람을 만나면 유익하다.

재미없는 사람은 어디를 가도 인기가 없다.
뭐든 한 가지 정도는
사람을 재미있게 해주는 것을 가져야 한다.
재미는 저절로 생기지 않는다.
아주 많이 노력하면 정말 재미있는 사람이 되고
조금 노력하면 가끔 재미있는 사람이 될 수 있다.
아무것도 하지 않으면 정말 재미없는 사람이 된다.

감당할 수 없는 건 짐이 된다

크고 많은 것이 항상 좋은 것은 아니다.
감당할 수 있을 만큼이 가장 좋은 것이다.
그 선을 넘어가면 금덩이도 부담이 된다.
필요한 것 이상은 모든 것이 쓰레기다.
적당한 운동은 건강을 주지만 지나친 운동은 병을 준다.
배고픈 사람에게 한 그릇 식사는 꿀맛이지만
배부른 사람에게 고기 한 점은 죽을 맛이다.
아무리 좋아도 필요하지 않으면 가지려 하지 말라.
좋은 만큼 실망하게 되고
처리하지 못해 고민에 빠지게 될 것이다.
신기한 것, 새로운 것 앞에서
발걸음을 멈추기는 하되 지갑을 꺼내지는 말라.
값을 지불하고 집으로 가져오는 순간
신기하지도, 새롭지도 않은 것이 된다.
새 물건을 사기 전에
새 일을 시작하기 전에
새 사람을 만나기 전에
감당할 수 있는지를 먼저 생각하라.
감당할 수 없는 것을 소유하는 것은 욕심이고
욕심은 언제나 인생에 짐을 지운다.
물건도 사람도 한계를 넘어가면 짐이 된다.

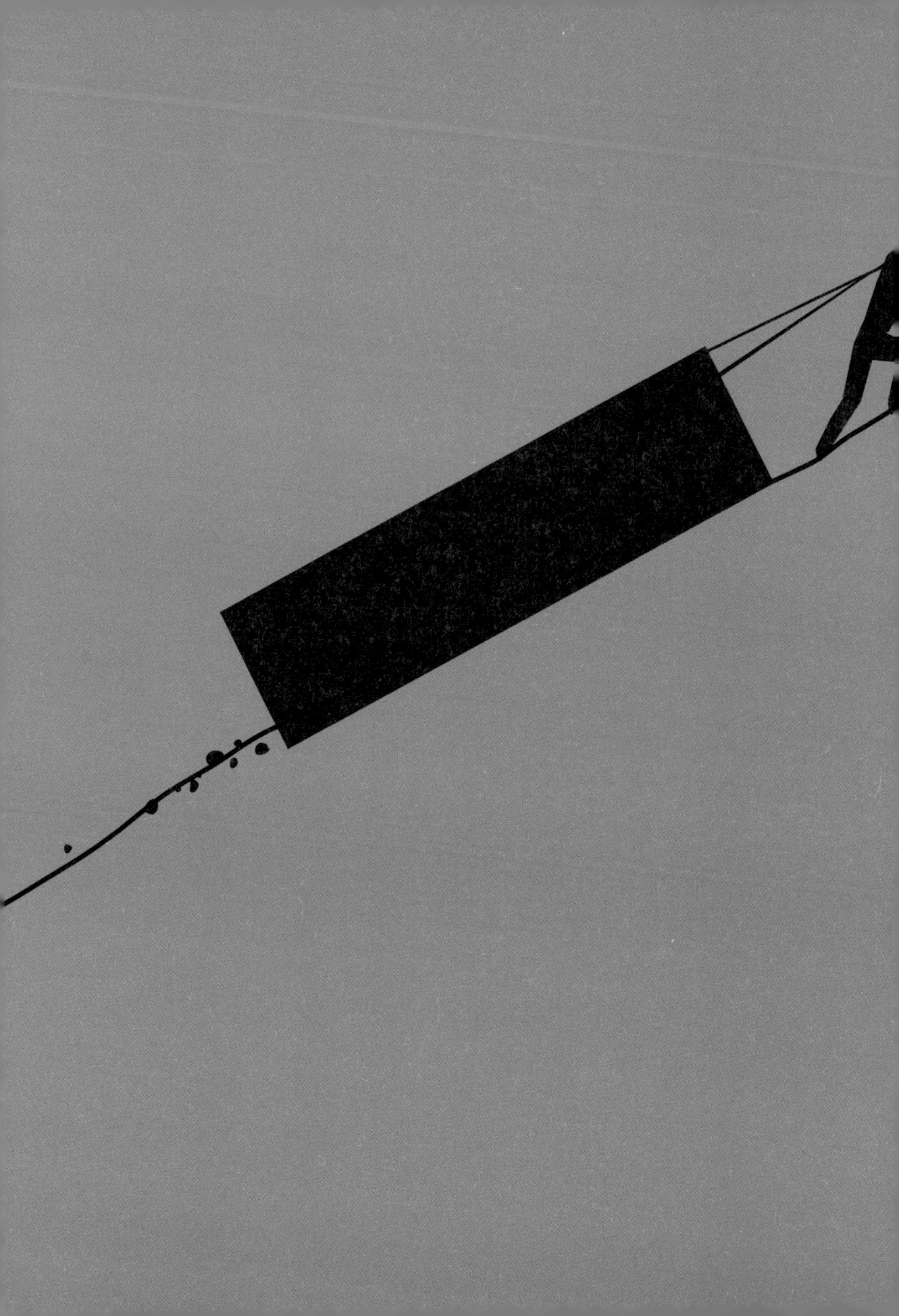

장갑 낄 틈도 없이
성급한

성질 급한 사람은 장갑을 낄 틈도 없이
맨손으로 일을 시작한다.
일단 시작부터 하고 보는 다급함으로 일은 빨리 마치지만
잠깐 일을 하고 오랜 후유증으로 고생한다.
장갑을 끼기만 해도 다치지 않고
대부분 상처를 입지 않는데
3초의 여유를 갖지 못해서 위험천만하다.
얇은 비닐장갑 하나를 낄 여유가 없어서
맨손으로 매운 고춧가루를 만지고
생마늘과 양념을 버무린 후엔
손이 얼얼해서 한참을 찬물에 담가 매운 기를 빼고
튼 손을 치료하기 위해 병원까지 다니고,
김치를 다 먹을 때까지 고생한다.
장갑을 끼고 조금만 천천히 일을 시작했어도

그 많은 시간을 고생하진 않을 텐데
일을 보면 왜 그리 다급해지는지!
급한 성질로 일하면 마친 후에 고통이 시작된다.
천천히, 준비를 다 한 후에 느리게 일을 마쳐도
후유증이 없는 것이 더 많은 시간을 버는 길이다.
항상 급해서 더 큰 손해를 본다.

하루를 살아도 행복하게

불행한 100년과 행복한 하루,
100년을 불행하게 사는 것보다
하루라도 행복하게 사는 것이 낫다.
100년을 사는 동안 단 하루도 행복하지 않다면
그 100년이 얼마나 지루하고 재미없을까?
하루를 살아도 행복하다면
그 하루가 100년 동안 아름다운 추억이 될 수 있다.
얼마나 오래 사느냐보다
어떻게 사느냐가 더 중요하다.

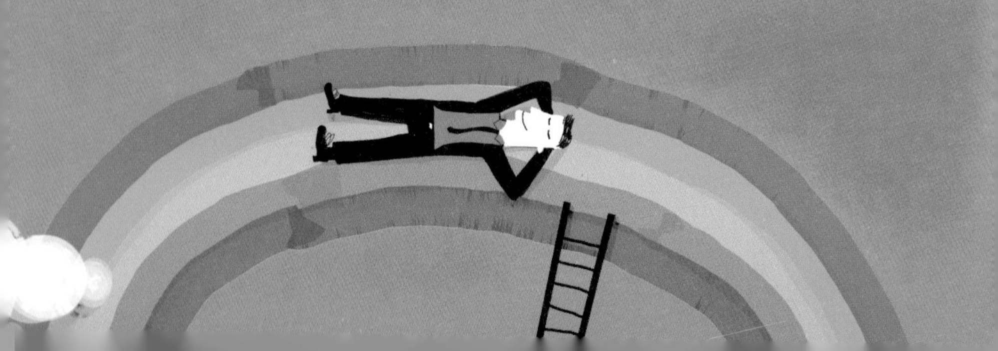

빈티지 내의

언젠가부터 티셔츠를

뒤집어 입는 청년들이 생겨났다.

빈티지 패션이라고 했다.

깔끔하게 정리된 부분이 안으로 들어가고

안으로 들어가야 할 바느질 자국이 밖으로 나왔다.

부드럽고 매끈한 곳이 살에 닿으니 좋겠다는 생각이 들었다.

그래서 나도 내의를 뒤집어 입어보았다.

보이는 것도 아닌데 누가 알겠어?

그렇게 입어보니 괜찮았다.

아무도 내가 입은 내의에는 관심을 갖지 않았고

가질 수도 없었다.

뭐 볼 수 없으니…….

그동안은 왜 바느질 자국이 있는 거친 면을 살에 닿게 입었을까?

옷은 당연히 그렇게 입는 것으로 배웠기 때문이다.

그런데 어차피 겉옷에 가려 보이지 않을 옷이라면
바늘 자국이 있는 것을 살이 닿는 쪽으로 입을 필요가 있을까?
부드러운 곳이 살에 닿게 입는 것이 낫지 않을까?
그래서 그 후론 나도 내의를 입을 땐 빈티지로 입는다.
바쁠 땐 아무렇게나 입고 나온다.
바로 입었으면 모든 사람처럼 정상 패션이고
거꾸로 입었으면 건강을 위한 빈티지 패션이 된다.
내의는 뒤집혀도 아무도 알아채지 못하고
설마 알아챈다 해도 무슨 말을 하겠는가,
남의 속옷을 가지고?
청년들처럼 겉옷을 빈티지로 입지는 못해도
내의만큼은 빈티지로 입어도 된다.
남에게 보이려고 입는 것도 아니니
나의 건강을 위해 뒤집어 입는 정도야, 뭐 어떤가?

행복은 나눌 때 진정한 가치가 있다.

_영화 〈인투 더 와일드〉

술버릇 고치기

돌아가신 아버님이 들려준 이야기다.
술만 먹으면 아내를 때리고 괴롭히는 동료가 있었다.
아버님과 친구들은 그런 사실을 알지 못하고
만나기만 하면 그를 술자리로 데려갔다.
그가 아프다는 이야기를 듣고 집을 찾아가니
아내는 남편을 찾아온 친구들에게
제발 술 좀 먹이지 말라고 부탁했다.
술 마시면 무슨 일이 생기는지 알게 된 친구들은
다음 날 바로 그를 불러내서 술을 진탕 먹였다.
취해서 돌아가는 친구를 따라가서 하는 짓을 보니
영락없는 건달에 술주정꾼에 망나니였다.
그가 부인을 때리려는 순간
친구들은 문을 걷어차고 들어가 그를 잡아서 밧줄로 꽁꽁 묶었다.
묶인 그를 들고 나와 집 앞에 있는 우물에 거꾸로 매달아

술이 깰 때까지, 잘못했다는 말이 나올 때까지 찬물을 먹였다.

혼미해진 그를 방에 데려다 놓으니 쓰러져 잠들어버린다.

그 후로 친구들은 그 친구와 함께 술을 마신 날엔

그를 따라 집으로 몰려가서 아내를 어떻게 대하는지 살폈다.

아내에게 건달 노릇을 하려는 순간 붙들어

우물에 빠뜨리기를 여러 차례!

그는 술만 먹으면 얌전하게 방으로 들어가 잠을 자는 샌님이 되었다.

이야기 끝에 아버님이 하신 말씀,

"술버릇은 고칠 수 있다.

찬물 맛을 보면 누구라도 정신 차리게 되고

우물에 몇 번만 빠뜨리면 취해서도 신사가 된다.

술김에 실수했다는 건 다 핑계다.

술에게 핑계를 돌리고 싶을 뿐이다."

How to live a day 02

+

살려면 엎드려라

전쟁터에서 총탄에 맞지 않으려면 엎드려야 한다.
번개가 내려칠 때도 맞지 않으려면 엎드려야 하고
싸울 때 남의 주먹에 맞지 않으려면 엎드려야 한다.
위험할 때에는 엎드리는 것이 사는 비결이다.
자세를 낮추는 것만으로도 위기를 모면할 수 있고
바닥에 엎드리기만 해도 죽을 상황에서 살 수 있다.

높은 곳에 있으면 공격당하게 된다.
남보다 높은 곳에 오르려면 떨어질 위험을 감수해야 하고
이유 없이 표적이 될 수 있음을 각오해야 한다.
높은 곳에 있는 것은
바람과 번개와 짐승뿐 아니라 사람에게도 표적이 된다.
높은 곳에 서게 되면
자신을 최대한 낮추는 것이 잘 사는 비결이다.

전쟁은 평화를 위한 것이다

싸움의 목적을 알면
어떻게 싸워야 할지를 알고
어느 정도 싸워야 하는지,
무엇으로 싸워야 할지도 안다.
그리고 목적이 달성되면 싸움을 그칠 줄도 안다.
싸움 자체에 빠져들면
싸움의 목적을 상실하고 이기려고만 한다.
그런 싸움은 이미 승산이 없는 싸움이다.
이겨도 이긴 것이 아닌 패배만 있는 싸움이 된다.
모든 싸움은 평화를 위한 것이다.
평화를 얻는다면
타협이나 포기도 패배가 아니라 승리가 된다.

눈빛으로
말한다

살살 미소 짓는 눈빛,
점점 거칠어지는 눈빛,
슬픔이 가득한 눈빛,
기쁨이 가득한 눈빛,
억울함이 가득한 눈빛,
화가 잔뜩 담긴 눈빛.

눈빛만 봐도 어떤 사람인지 다 알 수 있다.
아무 말 하지 않아도
당신의 눈빛은 많은 것을 이야기한다.

악한 자는 선한 눈빛을 가질 수 없고
선한 자는 악한 눈빛을 가질 수 없다.
눈빛은 삶으로 만들어지기 때문이다.

당신의 눈빛은 당신을 이야기한다.
과거의 실수와 잘못은 숨길 수 있어도
오늘 당신의 눈빛은 숨길 수 없다.

도시가 하루아침에 세워지는 것이 아니듯
아름다운 눈빛도 하루아침에 만들어지지 않는다.
오랜 시간의 과정을 통해 집 한 채가 지어지듯
오랜 삶의 결과로 눈빛이 만들어진다.
어린아이의 눈빛이 아름다운 것은
순수한 마음을 가졌기 때문이고
전사의 눈빛이 살벌한 것은
생명을 해하려는 마음을 가졌기 때문이다.
사람이 달라지면 눈빛도 달라진다.
꽃보다 아름다운 것이 사람의 눈빛이고
맹수보다 잔인한 것이 사람의 눈빛이다.

배고픈 자의 눈빛을 외면하지 말라.
그 눈길을 지나서 잘 먹어봐야
배는 채울 수 있겠지만 마음은 채워지지 않을 것이다.
억울한 자의 눈길을 무시하지 말라.
잠시 후에 그 눈빛은 분노로 변해서
무시하던 사람을 향해 불타오를 것이다.

세상이 아름다운 것은

아름다운 눈빛을 가진 사람들이 있기 때문이고

세상이 험악한 것은

험악한 눈빛을 가진 사람들이 있기 때문이다.

오늘 우리의 삶이 내일 우리의 눈빛을 만든다.

최악의 조건에서
최고로 행복하라

최악의 상황에서 사람은 행복할 수 있을까?
최악의 조건에서도 최고로 행복할 수 있다.
조건 아래 있으면 행복할 수 없고 조건을 초월하면 행복하게 된다.
행복은 외적 조건이 아니라 내적 인식이기 때문이다.
가난한 나라가 잘사는 나라보다 행복할 수 있듯이
어려운 사람이 넉넉한 사람보다 행복할 수 있다.
상황을 초월하는 마음을 가질 수만 있다면
힘들고 어려운 상황은 행복을 가로막지 못한다.

조건을 내세우지 말고 상황을 탓하지 말라.
행복하고 싶다면 그냥 행복하기로 결심하라.
행복과 상황은 각기 별개의 것이다.
행복은 행복이고 상황은 상황이다.
둘은 서로 같을 때도 있지만 아닐 때도 있다.

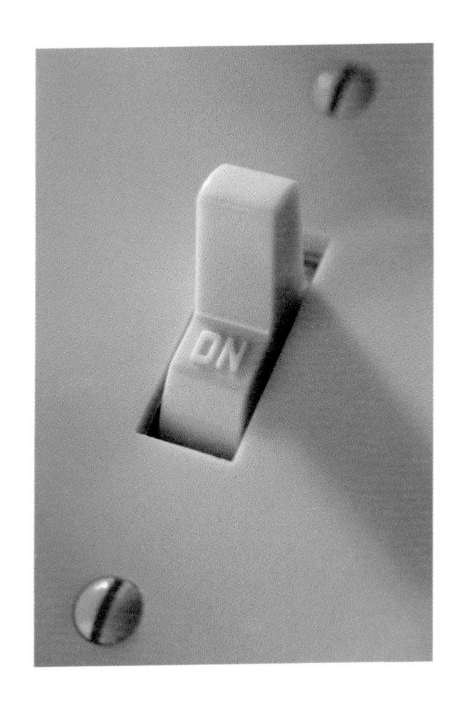

조건과 행복을 분리할 수 없는 사람은
거의 행복하기가 어려운 사람이다.
사람이 완전 행복하다고 할 수 있는 상황은
세상에 거의 존재하지 않기 때문이다.

꿈에서
깨어라

친구가 내 마음에 들지 않는 이유는
전적으로 나를 위한 태도를 기대하기 때문이다.
부부가 서로의 마음에 들지 않는 이유는
아내는 마음속에서만 존재하는 이상적인 남편을 꿈꾸고
남편은 환상 속의 아내를 꿈꾸고 있기 때문이다.

완전한 친구를 기대하는 동안
친구의 숫자는 하나씩 줄어들게 되고
완전한 남편을 기대하는 동안
곁에 있는 남편은 점점 멀어지게 되고
완전한 아내를 소망하는 동안
남자의 마음은 항상 이성의 유혹에 시달릴 것이다.

이상에서 헤어나고 꿈에서 깨어나라.

지금 나와 함께 있는 친구,

내 옆에 있는 남편, 함께 있는 아내가 아니면

내 옆은 항상 빈자리가 될 것이다.

현실이 내 마음에 들지 않는 것은

아직도 내가 꿈속을 헤매고 있기 때문이다.

이야기를
몰고 가라

양을 풀이 많은 초원으로 이끌어 가듯
당신의 이야기를 초원으로 이끌어라.
분위기에 끌려 이야기를 벼랑으로 밀어붙이면
이야기를 나누는 사람들과 함께
벼랑 끝으로 내몰리게 되고
언제 추락할지 모르는 곤경에 빠지게 된다.

양을 이끌어 초원에 이르면 목동은 풀밭에 누워 쉴 수 있지만
골짜기로 이끌면 잠시도 쉬지 못하고 양을 감시해야 한다.
당신이 꺼내는 이야기가 당신의 삶을 결정하게 된다.
폭탄 같은 이야기는 삶을 폐허로 만들고
잔잔한 이야기는 삶을 초원으로 이끈다.

삶의 분위기는 당신이 꺼내는 이야기로 만들어진다.

분위기가 험악하다고 험악한 이야기를 꺼내지 말고
싫은 소리를 듣게 되도 싫은 소리를 내지 말라.
양을 함부로 몰면 뿔뿔이 흩어져 길을 잃게 되듯
막 떠들면 분위기는 막다른 길에 이르게 된다.

이야기에 끌려가지 말고
분위기에 빠지지 말고
감성에 젖어들지 말고
성질대로 떠들지 말라.
양들을 몰고 풀밭으로 가라.

How to live a day 2

너와 함께 사는 법

나보다 더 힘든 너.
나보다 더 아픈 너.
나보다 더 잘난 너.
나만 그걸 모르고 살았다.

How to live a day 03

\+

나보다 더 힘든 너

나보다 더 힘든 너,

나보다 더 아픈 너,

나보다 더 잘난 너,

나만 그걸 모르고 살았다.

나만 힘든 줄 알았는데 나보다 너는 더 힘들었다.

나보다 당신이 더 힘든 것 같아!

나보다 당신이 더 아픈 거 같아!

당신 말이 맞는 거 같아!

그 말 한마디를 못해서 우리는 서로를 가까이하지 못하고 있었다.

내 아픔만 알아주길 바랐는데

너는 나보다 더 아파서 나를 바라볼 힘도 없었구나.

그래도 조금 덜 아픈 내가 너를 알아주었어야 했는데,

그러지 못해서 나와 너는 서로의 아픔에 빠져 마주볼 수 없었다.

나보다 조금 더 아픈 너를 위해 이제 나의 아픔에서 빠져나와야겠다.

약국에서 우는 아이

건물 5층 병원에서 감기 처방을 받고
붐비는 엘리베이터를 타고 1층으로 내려와 약을 지으러 약국에 들어섰다.
문을 들어서니 왼쪽 구석에 남자아이 하나가 눈물을 뚝뚝 떨어뜨리며 울고 있다.
얼마나 억울한 일을 당했으면 저 어린 나이에 저리도 서럽게 울고 있을까?
처방전을 약사에게 내밀며 옆에 서 있는 아이 엄마의 표정을 읽었다.
아이를 힐끔 돌아보는 눈매가 어찌나 쌀쌀맞은지!
저 사람이 엄마 맞나? 혹시 성질 못된 이모인가?
약 봉투를 건네받은 엄마는 아이에게 차가운 말을 던지고 혼자 문으로 나가버린다.
"울어도 소용없어! 집에 갈 거면 빨리 따라와! 여기서 계속 울고 있든지!"
참 지독히도 냉정한 엄마로구나!
어린애를 저렇게 울리고, 남의 눈도 의식하지 않은 채 나가버리다니…….
엄마가 나가고 자동문이 닫히려고 하자
아이는 벌떡 일어나 눈물을 훔치며 엄마를 따라갔다.

무슨 사연인지 궁금해서 약사에게 무슨 일이냐고 물어보았다.

약사의 대답.

"독감이 심해서 의사가 나가 놀면 안 된다고 했는데 아이는 친구들과 밖에서 놀고 싶어 해서 그래요!"

약사의 설명에 조금 전에 느낀 쌀쌀한 엄마의 표정이 안타까움으로 다가왔다.

아파도 밖에서 친구들과 놀고 싶어 우는 아들,

아들을 위해 울어도 밖에 못 나가게 하는 엄마.

엄마는 아들을 위해 아들의 눈물을 외면하고 있었다.

엄마의 마음속엔 아들보다 더 굵은 눈물이 흐르고 있었다.

온풍기도 처음엔 찬바람이 난다

추운 날 차를 타고 시동을 건 후 온풍기를 켠다.
따듯한 바람을 기대하고 틀었건만 찬바람이 나온다.
찬 기운을 막기 위해 빨리 문을 닫지만 차 안이 더 추운 것 같다.
그리 멀지 않은 목적지에 도착해서
내리려고 차 문을 여니 찬바람이 온몸을 휘감는다.
찬바람을 내던 온풍기가 어느샌가 따듯한 바람으로 차 안을 데우고 있었다.

일찍 교회당에 들어서서 온풍기를 켠다.
웅, 하고 바람개비가 돌아가며 찬바람을 토해낸다.
썰렁한 큰 공간이 더 썰렁해진다.
찬바람을 피해 사무실로 들어가서 한참을 있다가 나오면
어느새 교회당 사방으로 따뜻한 바람이 돌아다니고 있다.

따뜻하라고 트는 온풍기도 처음엔 찬바람이 난다.

데워지기를 기다리면 천천히 따듯한 바람이 나온다.

처음엔 모든 것이 제 역할을 다하지 못한다.

신입생, 초보자, 신병, 훈련생, 말단, 아마추어…….

무르익기를 기다려야 원하는 것을 얻을 수 있다.

처음부터 따듯한 바람이 나오는 온풍기는 세상에 없다.

인내하는 법을 배우려면
우선
많은 인내심이 필요하다.

_스타니스와프 렘

너나
잘하세요

새로 알게 된 사람이 나를 만나러 올 때마다 넥타이를 가지고 왔다.

"선생님 넥타이는 내가 책임질 거야!"

백화점 표 넥타이가 다섯 개 될 때쯤

그의 친구 한 사람이 따라오기 시작했다.

그리고 올 때마다 내미는 넥타이를 보더니 어느 날 문득 한마디를 던졌다.

"또 넥타이냐? 너는 그런 것밖에 할 줄 몰라?"

그 정도도 얼마나 고마운데, 뭘 더 하라고 저럴까?

본인은 얼마나 더 좋은 걸 해주려고 저런 말을 할까?

그 후로 나중에 따라온 사람이 큰 수박 한 덩이를 사 가지고 왔다.

그다음엔 귤 한 상자를 가지고 왔다.

그리고 넥타이를 사 오던 사람은 다시는 넥타이를 사 오지 않았다.

나중에 온 사람도 과일 두 번 사오더니 더 이상은 아무것도 가져오지 않았다.

나는 그 두 사람에게 아무것도 바라지 않았다.

그저 성의를 생각해서 가져오는 넥타이를 좋다고 했었다.

고운 넥타이가 늘어나는 것도 싫지는 않았다.

그런데 잘하고 있는 사람에게 던진 "또 넥타이냐?" 하는 한마디에

잘하고 있던 사람은 잘못하고 있는 것이 되어버렸다.

그런 말을 한 사람은 혹시 더 좋은 걸 가져오려나?

내심 기대했는데 잘하는 사람 못하게 해놓고

자기는 수박 한 통, 귤 한 상자 사 오고는 끝이다.

잘하는 사람 혼내서 못하게 하고, 자기도 안 하고,

그럴 거면 잘하고 있는 사람에게 아무 말이나 하지 말지!

나! 원! 참!

우리는 허영심에 가득 찬 나머지, 심지어
우리가 배려하지 않는 사람의 의견까지도 배려한다.

_마리 폰 에브너 에셴바흐

알아듣지 못하는 즐거움

전철을 타고 둘러보니 중년 여인들 사이에 빈자리가 하나 있다.
빈 공간의 크기를 짐작하니 내가 앉을 수 있을 만했다.
쑥스럽게 엉덩이를 들이밀고 앉으니
오른쪽 여인의 긴 외투가 두 사람 사이에 끼었다.
자기 옷이 당겨지는 느낌이 들자 여인은
옆을 돌아보지도 않고 옷자락을 끌어당겼다.
옷이 잘 빠지도록 몸을 기울여주고 다시 고쳐 앉았다.
잠시 후에 옷을 당겼던 여인이
전화기를 꺼내 들더니 어디론가 번호를 눌렀다.
그러고는 여인의 통화가 시작되었다.
찐따이 짜화, 만 따이 우두화 하오! 하오! 니 짜짜로니, 비따이 짜수 왕스방…….
당연히 한국말이 나올 줄 알았는데
한마디도 알아들을 수 없는 말이 고음으로 계속 이어졌다.
전혀 중국 사람 같지 않았는데 중국인이었다.

말하는 톤으로는 분명 싸우는 것 같은데

흘깃 보니 얼굴 표정은 편안해 보였다.

전철 안 구석구석을 콕콕 찌르는

날카로운 소리가 울려 퍼지는데 아무도 관심을 보이지 않았다.

한국말이 그 정도로 크게 울리면 '누가 떠드나?' 해서

많은 사람이 고개를 돌려 보았을 것이다.

그런데 아무도 여인에게 시선을 고정한 사람이 없었다.

큰소리에 놀라 힐끗 보고는 모두 무표정하게 창밖을 내다본다.

나도 첫 마디에 깜짝 놀라

고개가 옆으로 돌아가긴 했지만 여인과 마주치지는 않았다.

그렇게 중국 여인은 한참을 떠들다가 전화기를 닫았다.

나를 포함한 모든 사람은

무슨 말인지 알아들을 수 없으니 아무런 감정의 변화가 없었다.

한국말을 했다면 알아들을 수 있었기에

나의 머리는 다양한 반응을 일으켰을 것이다.

왜 남을 욕하고 그러지?

전화에 대고 별소리를 다 하네?

저런 내용을 사람이 많은 곳에서 떠들고 그래?

그런데 무슨 말인지 도통 알아듣질 못하니

어떤 반응도 일어나질 않았다.

나를 욕하는지, 한국 욕을 하는지,

어제 일을 하소연하는지 알 수 없으니

기분이 나쁘지도 않고 좋지도 않게
무념무상하게 그 옆에 앉아 있을 수 있었다.
바로 옆에서 크고 거친 톤으로 하는 말도
내가 못 알아들으니 참 편했다.
옆 사람이 기분 나쁜 소리를 해도
내가 알아듣지 못하면 아무 문제가 없다.
모든 소리를 다 알아들으려 하지 말라.
알아듣지 못하는 것이
오히려 속 편하게 사는 비결이 되기도 한다.

골치 아픈 일을
남에게 미루지 말라

골치 아픈 일을 남에게 미루는 것은
남에게 미움받는 가장 빠른 길이다.
미운 사람이 될 뿐 아니라
일을 처리하는 능력도 점점 줄게 된다.
골치 아픈 일은
힘든 일을 처리하는 능력을 기를 기회가 되고,
사람들에게 인기를 얻는 비결이 되고,
일 잘한다는 소리를 듣게 한다.
남에게 미루면 쓸모없는 사람,
도움 안 되는 사람으로 낙인찍히고
일할 능력은 없어서, 무시 당하고 무능한 사람이 되어
최악의 상황에 빠질 것이다.
골치 아픈 일을 미루지 말고 끌어당겨라.
그래야 정말 골치 아픈 상황을 당하지 않게 된다.

존재의 어리석음

모든 존재는 자기만을 인식한다.
타인을 인식하는 것도 자기와 연관된 사건을 통해서이다.
존재의 본질에는 타를 인정할 능력이 없기에
최후의 순간엔 모든 존재가 자신을 선택한다.

사람이 어쩌면 그럴 수 있어?
네가 나에게 이럴 수 있는 거야?
이런 말 하지 말라.
그럴 수 있고, 이럴 수도 있다.
어떤 사람도 존재의 한계를 넘을 수 없기 때문이다.
존재의 현실은
자신 외의 대상에게 어리석음으로 표현된다.
즉, 나 아닌 모든 대상은
내가 보기에 어리석은 존재이다.

내가 나를 초월할 수 없듯이
남에게 남을 초월하길 바라는 것은 과대망상이다.
우리 모두는 다른 존재에 대한 과대망상으로
상처를 받고 실망을 떠안는다.

존재는 어리석음을 전제하기에
타를 통해 나를 인식하려는 모든 욕구는
본질적으로 실연의 바탕 위에 있다.
존재하는 모든 것은 어리석다.
너무 많은 것을 기대하지 말라.

지금 앞에 있는
사람 편을 들어라

아무리 틀린 이야기를 해도

멀리 있는 사람 편드느라고

앞사람을 기분 나쁘게 하지 말라.

선물도 가까이 있는 사람을 먼저 주고

멀리 있는 친한 사람에게는 사과하라.

물리적인 거리는 상식적으로 이해 가능한 핑계가 된다.

하지만 감성적인 거리는 당사자를 제외하곤 차별이 된다.

물리적인 거리를 무시하면

설명해도 납득이 안 되고 핑계를 대도 알아듣지 못한다.

일단 가까이 있는 사람을 최대한 존중하라.

꼴 사나워도, 아니꼬워도, 더럽고 치사해도,

그렇게 살아가야 하는 인생이 얼마나 불쌍한가?

그리고 그의 편을 들어주는 것은

그를 위한 일이 아니라 나를 위한 일이다.

조금만 참으면

그는 떠나고 다른 사람이 내 가까이 있게 될 것이다.

나를 떠나간 사람은

나와 함께 있던 때의 나에 대한 이야기를 하고 다닐 것이다.

함께 있던 잠깐을 참지 못해서

나를 나쁜 사람으로 알려줄 필요는 없다.

지금 내 앞에 있는 사람 편을 들어주는 것은

그와 함께 있는 시간을 최대한으로 즐기는 비결이다.

그렇게 한다고 내 인생에서 축나는 것은 하나도 없다.

감정?

그건 지나고 나면 아무것도 아니다.

구름이 흘러가듯, 안개가 흩어지듯,

지나고 나면 기억조차 할 수 없는 것이 순간의 감정인데,

그걸 위해 내 인생을 힘들게 할 필요는 없지 않을까?

당신은 그럴 자격이 있는가?

대통령을 욕하는 당신은

그럴 자격이 있는가?

무슨 자격으로 그렇게 험한 말을 쏟아내는가?

마치 대통령이 아무 일도 안 하고 월급만 받아가길 바라는 것 같다.

법관을 욕하는 당신은 법관보다 중요한 일을 하고 있는가?

누굴 위해 그들을 욕하고 있는가?

법관을 욕하는 일이 정말 세상을 위한 일이라고 생각하는가?

아니면 자기 분통을 터뜨리고 있는 것인가?

당신의 분통을 터뜨리는 말로는 세상을 바로잡을 수 없다.

당신의 인생도 바로잡히지 않는다.

그렇게 조리 있는 말로 남을 욕할 시간에

아름다운 시라도 한 수 지어보면 어떨까?

사람들의 사소한 일상을

세상의 화두로 끌어내는 당신은
왜 그 일을 하고 있는가?
그 일이 세상을 살 만한 곳으로 만들어줄 것이라고 생각하는가?
잘하는 많은 것을 덮고 실수한 한 가지를 욕하는 당신은
한 번도 실수한 적이 없는가?
한 번의 실수로 100번의 잘한 일을 덮으려는 당신은
무슨 자격을 가졌는가?
자격이 없기는 모든 사람이 동일하니
세상이 좋아지기 위한 일이 아니면
그만 눈감아주는 것이 어떨까?

How to live a day 04

+

장미는 다른 장미를 시기하지 않는다

장미는 각기 한 송이로 존재한다.
사람이 어떤 장미를 꺾어가든 시기하지 않는다.
선택받는 것도 외면당한 것도 신경 쓰지 않는다.
담장 위에서든 정원에서든 화병에서든
그저 한 송이 장미로 존재한다.
화려한 장미도, 초라한 장미도
멀리서 보면 장미 숲으로 보일 뿐이다.
가장 화려한 한 송이 장미만 있다면
장미 넝쿨로 이루어진 담장은 존재할 수 없다.
한 사람으로는 행복한 가정이 이루어지지 않고,
한 사람으로는 아름다운 사회가 이루어지지 않는다.
이런 사람 저런 사람, 잘난 사람 못난 사람이 어울려야
비로소 가정과 사회, 인간의 세상이 탄생한다.
멀리서 보면 화려하든 초라하든 장미일 뿐이듯
사람은 누구나 그저 한 사람일 뿐이다.

사기꾼도 진실하게
살고 싶어 한다

사기꾼이 사기 치는 이유는

사기 치지 않아도 되는 삶을 살기 위해서이다.

아이들이 거짓말을 하는 이유도

거짓말을 하지 않는 삶을 위해서이다.

모든 사람의 소망은 진실한 삶이다.

거짓으로 살아가는 사람의 마음에도

진실에 대한 꿈이 있다.

모든 인간의 궁극적인 관심은

진실 속에서 살아가는 것이다.

결국에는 진실이 행복이다.

험악한 세상에서
좋은 사람이 되라

험악한 세상이라고 해서
험악한 사람으로서는 행복할 수 없다.
어떤 환경에서든
좋은 사람이 되지 않으면 행복할 수 없다.
거칠고 폭력적인 사람들 사이에서도
우아하고 온화한 삶을 살아내는 사람이 참 사람이다.
혼자 사는 것과, 남을 따라 사는 것은 쉬운 일이다.
한쪽으로 쏠려 있는 군중 가운데서
균형 잡힌 자기 삶을 살아내는 사람이 위대한 사람이다.
사람들은 악한 것을 탓하며 따라가고,
나쁜 것을 욕하며 흉내 낸다.
악한 가운데서 선하고, 더러운 것 가운데서 깨끗하라.
좋은 곳에서 좋은 사람이 되는 것은 쉽다.
나쁜 곳에서 좋은 사람이 되는 것이 정말 어려운 일이다.

농담으로 상처받지 말라

농담은 웃어넘겨라.
농담 중에 화내지 말라.
그냥 하는 말에 전적으로 반응하지 말라.
막하는 말을 새겨듣지 말고,
돌아서서 다시 생각하지 말라.
그냥 크게 웃어라.
농담에 상처받고, 진담에 상처받고,
실수에 상처받고, 성공에 상처받으면
세상 모든 것이 불행의 원인이 된다.
농담을 진담으로 해석하지 말라.
속상한 진담을 농담으로 듣고,
기분 좋은 이야기만 진담으로 들어라.
막하는 말, 정신없이 하는 말, 잡담 속에서
깊은 의미를 찾지 말고, 마음에 담지도 말라.
숨겨진 의도는 사기꾼의 거짓말과 같다.
듣지 않는 것이 낫고 모르고 지나가는 것이 낫다.

정말 하고 싶은 말이 있으면
아주 좋은 선물을 사주고 아무 말도 하지 말라.
그래도 바뀌지 않으면 그는 달라질 사람이 아니다.
그 후론 그저 짐승 보듯,
앵무새 달래듯 조심해서 건드려라.
건드리면 무는 것이 개와 짐승이고,
치면 쪼는 것이 새와 닭이고
찌르면 터지는 것이 폭탄이다.
상대가 뭔지 봐가면서 건드려라.

농담하다 친구를 잃지 말라.

_서양 속담

상을 당해서요

이틀간 집을 비운 후 자정이 넘어 돌아왔다.
늦었지만 아내가 경비실에 맡겨둔 택배 물건을 찾으러 갔다.
졸다가 깬 경비 아저씨가 작고 약해 보이는 안사람에게 투덜거리시더란다.
이렇게 늦게 오면 어떻게 해요!
우리도 밤엔 좀 쉬어야 하는데, 우리도 피곤하다고요.
이렇게 아무 때나 오면 우리 일에 지장이 있어요.
속상한 일이 있었는지 물건을 찾으며 계속 투덜대시는데,
착한 안사람이 작은 소리로 한마디했단다.
"죄송해요, 상을 당해서요."
"아! 그러시구나! 그래서 이틀이나 못 오셨네……."
아내의 그 말에 갑자기 아저씨의 태도가
부드러워지는 것이 뒷모습에서도 느껴지더라고,
그러곤 돌아서서 눈을 내리깔고 다소곳이 물건을 주시더라고.

"죄송해요, 상을 당해서요!" 한마디에
기세등등하던 사람이 미안한 사람이 되었다.
사람이 당하는 슬픔 중에 가장 큰 슬픔이 상을 당하는 것이기에
어떤 갈등이나 오해도 그 앞에선 물거품이 된다.

나쁜 놈도 나쁜 놈은 싫어한다

건달도 건달을 좋아하지 않는다.
나쁜 놈도 나쁜 놈을 좋아하지 않는다.
건달은 나쁜 놈을 바라보며 욕하고
나쁜 놈은 건달이 죽는 것을 보며 후련해한다.
그러면서 건달로 살고 나쁜 놈으로 사는 사람들이 있다.
자기 자신을 볼 수 없기 때문이다.
남들이 보기엔 영락없는 건달인데 스스로는 알아채지 못한다.
자기가 싫어하는 나쁜 놈이 바로 자신이라는 것을 알면
그렇게 살지는 않을 것이다.
자신을 보는 눈,
이것이 건달과 나쁜 인간을 좋은 사람으로 만든다.
사람을 사람답게 만드는 것은 자기를 보는 눈이다.
자신을 볼 수 없는 나쁜 놈은 절대 좋은 사람이 될 수 없다.
자기 자신을 볼 수 있는 눈을 가진 사람은
절대 건달이나 나쁜 놈이 되지 않는다.

짝퉁시장

중국의 짝퉁시장을 구경 간 적이 있다.

집사람이 지인들에게 선물할 시계를 고르고 있었다.

이것저것을 집었다 놓으며 망설이는 아내,

그 옆에서 함께 시계를 구경하다 내려놓고 주머니에 손을 넣었다.

주머니에 손을 넣자 점원이 주머니를 가리키며 꺼내라는 손짓을 한다.

알아듣지 못하자 다가와서 내 주머니에 손을 넣는다.

시계를 몰래 넣은 줄로 생각한 모양이다.

아무것도 없는 것을 발견하고 미안하다는 손짓을 하고 돌아간다.

한순간이지만 나는 물건을 몰래 주머니에 넣은 사람으로 취급당했다.

다시 흥정이 이루어지고 시계를 사서 나왔다.

함께 있던 친구가 나 같으면 그 집에서 안 산다고 투덜거렸다.

그런 곳에 간 내가 잘못이지,

손님을 의심하는 건 짝퉁시장 특성상 당연한 일이었다.

복잡한 상가에서 점원은 믿을 만한 손님이 없었을 것이고,

손님은 믿을 만한 점원이 없었을 것이다.

서로 속는 기분으로 팔고 사는 곳이 짝퉁시장의 거래법인데,

그런 곳에서 귀빈 대접을 받을 거라고 기대할 순 없다.

하지만 기분이 나쁜 것만은 어쩔 수 없었다.

싸구려 시장에선 싸구려 대접을 받고

백화점에선 고객 대접을 받는다.

가짜로 가득한 곳에서

사람도 가짜 대접을 받는 것은 당연한 일이었다.

새치기
여학생의 최후

맨 앞줄에 서서 전철을 기다리고 있었다.
바닥에는 네 줄로 서서 기다리라는
여덟 개의 발 모양이 그려져 있었지만
사람들은 두 줄로 길게 늘어서 있었고
줄 뒤쪽은 헝클어진 모양이었다.
전철이 들어와서 거의 문이 열리려고 할 때쯤
뒤쪽 헝클어진 줄이 시작되는 곳에서
이어폰을 끼고 스마트폰을 만지던 여학생이
갑자기 두 줄 사이로 걸어 나와 문 앞에 섰다.
아무도 예측하지 못한 상황이라
사람들은 아무 말도 못하고 여학생을 주시했고,
여학생은 모든 사람의 눈길을 무시하며 당당하게 문 앞에 서서
열리는 즉시 들어갈 태세를 하고 있었다.
나도 기가 막혔다.

뭐 이렇게 뻔뻔한 새치기가 있어?

하지만 나 역시 아무 말 하지 않았다.

문이 열리고 사람들이 쏟아져나왔다.

내리는 사람들은 줄 없이 혼자 한가운데 서 있는 여학생을 밀치며 지나갔다.

하지만 여학생도 지지 않고 사람들 사이를 비집고 전철 안으로 들어섰다.

여학생이 전철 안으로 들어선 순간

마지막으로 내리는 사람과 부딪치며 들고 있던 스마트폰을 떨어뜨렸다.

손에서 떨어진 스마트폰은 이어폰을 매단 채

사람들 발에 채여 여러 번을 통통 튀어오르더니

정확하게 전철과 플랫폼 사이의 홈으로 들어가버렸다.

내 뒤에 서 있던 몇 사람이 그 장면을 바라보며 자기도 모르게 소리쳤다.

어머나!

어이쿠!

에그그그그!

모두 그 여학생의 행동을 주시하고 있었던 모양이다.

사람들 소리에 놀라 뒤를 돌아보았다.

제일 앞에 서서 뒤를 돌아보니

모든 사람들의 얼굴이 한눈에 들어왔다.

그런데 사람들의 표정엔 안타까움이 아닌 고소함이 담겨 있었다.

그러고는 가장 먼저 탄 여학생이

내리기도 전에 전철 안으로 몰려들어갔다.

여학생이 다시 나와야 하는 것을 모르는 것처럼

이번엔 여학생이 거꾸로 사람들 사이를 헤치며 밖으로 나오려고 했다.

줄도 안 서고, 남들보다 먼저 타려고 했지만

다음 차를 탈 수밖에 없는 상황이 되었다.

그리고 가장 안타까운 일은

곤란한 상황을 당했는데 아무도 동정하지 않았다는 것이다.

나도 좀 너그러우면 동정하는 마음을 가졌을 텐데

그 순간엔 나도 속이 후련했다.

다음 차를 타더라도 새치기는 하지 말라.

질서를 깨뜨리다 어려움을 당하면 아무도 동정하지 않는다.

꿀
한 숟가락

꿀벌은 4,200번을 날아
꿀 한 숟가락을 만든다.
그 꿀은 다가올 겨울을 위한 것이다.
벌도 겨울을 위해 그렇게 수고하는데
사람은 겨울을 위해 무엇을 준비하는가?
준비하지 않으면 굶을 수밖에 없다.
꿀벌보다 못한 사람들이 있다.

……

두 사람의 사랑으론 부족하다

한평생을 살기에 두 사람의 사랑으론 부족하다.
가장 변화무쌍한 것이 사랑이기 때문이다.
사랑이 변하면 시기와 질투가 되고,
사랑하던 사람이 정신을 잃으면
사랑은 미움도 되고 원망도 되고,
증오와 저주가 되기도 한다.
그러다가도 정신을 차리면 사랑은 다시 사랑이 된다.

날마다 변하는 사랑의 모습이
원래의 자리로 돌아오기 위해서는
제삼자의 사랑이 필요하다.
엄마 아빠에게 싸우지 말라고 울며 매달리는 아이들의 사랑,
"딸을 잘 부탁하네!"라고 말하는 장인의 사랑,
"우리 딸 고생시키지 마!"라고 하는 장모의 사랑,

아들을 위해 며느리 편을 드는 시어머니의 사랑,

며느리를 딸처럼 바라보기만 하는 시아버지의 사랑,

"집엔 별일 없지?"

"잘 지내지?"

"사이좋지?"

하고 뜬금없이 물어보는 주변 사람들의 사랑에 의해

두 사람의 사랑은 다시 제자리로 돌아온다.

다른 사람과의 관계를 통해

부부가 서로에게 예의를 지키게 된다.

제삼자들에게 욕먹지 않기 위해

부부가 예의를 지킬 수 있다.

두 사람만의 사랑으론

험난한 인생을 헤쳐나가기에 부족하다.

제삼자의 사랑이 주위에서 바람도 막아주고 비도 막아줘야 한다.

모르는 사람 사이에서

아는 사람이 편하긴 하지만
모르는 사람들이 있기에 세상엔 희망이 있다.
아는 사람들에게 감추고 싶은 아픔이 탄로나거나
부끄러운 일을 당해 얼굴을 들지 못할 때,
동정을 받는 것조차 부담스러운 시기에는
모르는 사람을 만나는 것이 편안하다.
내 아픔을 모르고, 내가 어떤 사람인지 모르고,
나의 걱정거리를 안중에 두지 않는 사람…….
지금 이 순간의 모습으로 나를 받아주는 사람들을 만나면
잠시라도 슬픔을 이길 수 있고,
아무 문제없는 사람으로 하루를 살 수 있게 된다.
모든 사람은 각기 다른 분위기를 가졌기에
그 사람들의 숫자만큼 나는
새로운 분위기를 경험할 기회를 가진 것이다.

아는 사람이 많으면 어디를 가든

친근한 분위기에 빠질 수 있어서 좋고

모르는 사람이 많은 것도

그만큼 다시 출발할 희망이 있는 것이니 좋다.

때로는 가족 아닌, 친근하지도 않은 무심한 사람들 사이에서

절망할 겨를 없이 지내면 건강이 회복되기도 한다.

현명한 사람은 누구인가? 모두에게서 배우는 사람이다.
강한 사람은 누구인가? 스스로의 열정을 지배하는 사람이다.
부유한 사람은 누구인가? 만족하는 사람이다.
그렇다면 그런 사람은 누구인가?
아무도 없다.

_벤저민 프랭클린

바보는 행복하다

어리석음이 행복의 원천이다.
미친 짓을 하면서도 행복하다고 생각하는 것이
진실을 괴로워하며 목매달 나무를 찾아다니는 것보다 낫다.
미치광이들을 사람들은 이상히 보지만 정작 본인은 아무런 문제가 되지 않는다.
부끄러움, 치욕, 불명예, 창피, 모든 사람의 비웃음도 본인이 느끼지 못하면 아무것도 아니다.
어리석음은 불행 가운데서도 행복하게 살 수 있게 한다.
짐승을 죽여 거룩한 예식처럼 특수한 칼로 각 부위를 잘라내는 것을 신기한 듯 바라보고, 한 점 얻어먹는 영광을 누리려는 어리석은 구경꾼들, 집을 짓고 부수고 다시 짓고, 둥글게, 각지게, 세모지게, 끝없이 공사를 반복하다 모두 부숴버리면서 행복하게 사는 사람들. 그들은 어리석은 짓을 행복하게 일평생 반복한다. 그런 어리석음이야말로 참 행복의 원천이다.

사냥개와 함께 사냥에 미친 인간들은 결국 사냥개처럼 본능적인 인간이 되어 짐승의 똥 냄새로 만사를 분별하며 마침내 사냥개가 된다. 그리고 그런 자신들의 모습을 자랑스러워한다. 사냥개처럼 된 것이 그들에겐 행복이다.

그리스어, 라틴어, 수학 , 철학, 의학에 정통한 60세의 문법학자, 그의 소원은 8품사를 완벽하게 정의할 수 있을 만큼만 사는 것이다. 그는 단어 하나, 수식어, 부사와 접속사의 범위와 한계를 목숨보다 중요시한다. 문법에 한 치라도 어긋나는 말을 사용하는 인간을 가차 없이 처단하고 싶다. 관사의 용도를 바꾸기라도 하면, 전쟁도 불사할 정도다. 그 어리석음이 그에겐 최고의 행복이다. 인생을 불사를 만한 일인 것이다. 이러한 어리석음이야말로 인간이 한평생 행복하게 사는 데 필요한 동반자다.

_에라스뮈스의 《우신예찬》 인용

순서를 이길
논리는 없다

긴 줄이 생기면 옆으로 삐져나온 사람으로 인해 줄이 흐트러질 때가 있다.
기다리는 시간이 길어지면 사람들은 순서에 예민해지기 시작한다.
그러고는 삐져나온 사람에게 새치기하지 말라고 소리치는 경우가 발생한다.
그때 시비를 그치는 가장 간단한 방법은
새치기로 지목당한 사람이 먼저 온 사람이라는 것을 누군가 확인해주는 것이다.
분주한 식당에서도 자신이 먼저 왔다고 소리치는 사람들이 있다.
그러나 상대가 먼저 왔다는 것을 확인하는 순간 다툼은 끝난다.
어느 곳에서도 먼저 온 사람을 이길 수는 없다.
순서를 이길 논리도 없다.
누구라도 상대가 먼저 왔다는 것을 인식하면 더 이상 말하지 않는다.
다툼에 휘말리지 않고 시비에 빠져들지 않으려면
남들보다 먼저 도착하는 수밖에 없다.
남들보다 일찍 일어나고 부지런히 서둘러서
먼저 도착하는 것이 모든 논리를 이기는 유일한 비결이다.

어떤 논리와 특권도 순서를 이길 수는 없다.
힘으로 순서를 무시하면 그 힘은 타락한 권력이 된다.
특권으로 순서를 무시하면 그 특권은 억압이 된다.
몰래 남의 자리를 빼앗으면 그는 나쁜 인간이 된다.
아무런 다툼 없이 앞줄에 서 있기를 바라면
다른 사람보다 먼저 도착하는 수밖에 없다.
일찍 온 사람에겐 아무도 시비를 걸지 않는다.

괘씸한 사람에게 더 친절하라

좋은 사람은 상대방이 실수해도 이해한다.
예의 있는 사람은 조금 부족해도 잘 넘어간다.
못된 것들은 절대 그냥 넘어가지 않는다.
괘씸한 것들은 항상 문제를 일으키고 딴죽을 건다.
그들은 특별관리 대상이다.
고문관, 관심사병처럼 관심을 더 가져야 할 사람들이다.
괘씸한 놈에게 예의를 지키는 것은 어렵지만
그때가 정말 예의가 필요할 때다.

늘 만나는 사람에게는 예의보다 진심이 중요하다.
그들은 형식보다 진심을 보고, 포장보다 내용을 볼 줄 알기 때문이다.
그러나 처음, 가끔, 어쩌다 만나는 사람,
말썽을 피우고 시비를 거는 사람에겐 깍듯한 예의가 필요하다.
그들은 진심보다 형식을 중시하고, 내용보다 포장을 본다.
대부분의 문제와 갈등이 그들에게서 시작된다.
그것이 괘씸하고 못된 것들에게 더 친절해야 할 이유다.

온유함이 분노보다 더 많은 것을 다스린다.

_서양 속담

미소 짓지 못할 만큼
가난한 사람은 없다

미소 없이 살 만한 부자도 없고,
미소 짓지 못할 만큼 가난한 사람도 없다.
미소는 집안이 화목하기 위해서는 꼭 있어야 하고
세상살이에도 큰 도움을 준다.
친구는 미소로 서로를 알아본다.
고달픈 사람은 미소로 숨을 고르고
풀이 죽은 사람은 미소로 기운을 되찾는다.
미소는 돈 주고 살 수 없고 빌려 쓸 수도 없다.
그렇다고 훔쳐올 수도 없다.
나누어주고 베풀어주는 것으로만 의미를 갖는다.
미소를 잃은 사람에게 가장 먼저 필요한 것은
아무 조건 없이 지어주는 타인의 미소다.

기대하면
분노한다

옆 차선의 운전자가 양보할 거라고 기대하면 실망하게 된다.
옆 사람의 입장에선
양보 안 하는 것이 원칙이고 양보하는 것이 변칙이다.
그런데 우리는 남이 양보해주는 것을 원칙으로 기대한다.
그러고는 실망하거나 분노한다.
차선 하나로 인해 온 세상을 향해 불평을 쏟아놓는다.

기대하다가 양보를 받으면 고맙지도 않고 미안하지도 않다.
기대하지 않다가 양보를 받으면 엄청 고마운 생각이 든다.
남에게 기대하는 것은 거의 실망을 낳는다.
남에게 양보받는 일에서
문제의 중심은 상대가 아니라 나 자신이다.
나 같으면 양보하겠다?
당신은 그렇게 하라.

그건 참 좋은 일이다.

그러나 분명히 짚고 넘어가야 할 것은

그건 각자의 개인적이고 주관적인 견해일 뿐이라는 사실이다.

옆 사람이 양보하지 않는 것은 그의 위치에선 당연한 일이다.

기대가 많으면 실망도 많고 기대가 적으면 실망도 적다.

많이 기대하면 적게 행복하고

적게 기대하면 많이 행복하다.

이상적인 인간은

삶의 불행을 위엄과 품위를 잃지 않고 견뎌내

긍정적인 태도로 그 상황을 최대한 이용한다.

_아리스토텔레스

존경받고
싶어요

누구나

존경받고 싶은 욕구를 가지고 있다.

선물을 주는 이유는

좋은 사람으로 인정받고 싶기 때문이다.

남의 환심을 사려는 이유는

다른 사람보다 더 큰 대접을 받고 싶기 때문이다.

자기 자신이나 물건을 자랑하는 이유도

자신이 대단하다는 것을 보이고 싶기 때문이다.

자신을 가꾸고 다듬는 이유,

머리를 쓸어 넘기는 이유,

거울을 보는 이유,

좋은 옷을 입는 이유,

안경을 고르는 이유,

긴장하는 이유,

남들이 못하는 것을 해보려는 이유,
모든 이유는 존경받고 싶은 욕구에서 온다.

나만 그런가?
나만 존경받고 싶을까?
내가 존경받고 대접받고 인정받고 싶은 만큼
내 주위 사람들도 똑같다.
그들의 욕구를 채우는 것은
인간의 가장 근본적인 필요를 제공하는 활동이다.
남을 존중해주는 것은
인간의 기본적인 욕구를 채워주는 일이다.
존경받고 싶은 만큼 존경하라.
대접받고 싶은 만큼 대접하라.
인정받고 싶은 만큼 인정하라.
존경받고 싶다고 남에게 울며 매달리지 말고
먼저 존경하라.
준 대로 돌려받게 될 것이다.
내가 받고 싶은 만큼 내 주위 사람도 받고 싶다.

말이 아닌
삶과 인격을 들어라

"하차 후 승차하세요."

한때 지하철을 이용하는 사람들의 질서를 위해 사용했던 표어다.

아주 간단하고 선명한 표현이다.

그런데 이 표현이 잘못되었다는 말이 나오기 시작하더니

슬그머니 사라져버리고 말았다.

이유는 한 사람이 어떻게 하차와 승차를 동시에 할 수 있냐는 것이었다.

즉, 누군가 그 문장에서 빠진 주어를 한 사람으로 보고

문법적으로 잘못된 표현이라고 시비를 걸었던 것이다.

왜 생략된 주어를 한 사람으로 보는가?

내릴 사람과 탈 사람이 모두 생략된 것으로 보면 아무 문제없는데 말이다.

이 표어가 무엇을 의미하는지는 어린아이도 알 수 있다.

그런데 공적으로 사용되는 말이 문법에 어긋난다는 시비에 의해

긴 설명문으로 대체되고 말았다.

전철이 없던 시절 콩나물 버스를 타고 다닐 때

안내양들이 주요 정거장에 설 때마다 하던 말이 떠오른다.
"내린 다음에 타세요!"
사람들은 그 말을 듣고
버스 뒤쪽에서 힘들게 빠져나오는 사람이 내릴 때까지 기다려주었다.
아무도 그 말이 문법적으로 잘못 표현되었다고 하지 않았다.
잘 알아듣고 그 말에 따라 질서를 지키며 버스를 이용했다.

사람은 문법으로 소통하지 않는다.
말의 진정성과 상황, 분위기를 통해 소통한다.
시는 문법을 초월해서 인간의 감성을 전달한다.
문법으로는 시를 쓸 수 없다.
요즘 사람들도 문자를 보내기 위해 함축적인 말들을 사용한다.
그 말들이 무엇을 의미하는지 알기 때문이다.
친한 사람, 가까운 사람이 하는 말은 틀린 말이라도 잘 알아듣는다.
존경하는 사람, 어른들이 하는 어눌한 말도 사람들은 알아듣는다.
심지어 오른쪽이라고 하며 왼쪽을 가리켜도 왼쪽을 바라본다.
말실수라는 것을 아는 즉시 실수를 간단히 건너뛰는 것이다.
말이 아니라 삶과 인격과 상황을 듣기 때문이다.
가깝고 친한 사람들의 앞뒤가 안 맞는 말,
조리가 없는 말, 형편없는 표현을 들으면서도 즐거운 이유는
그들의 말을 듣는 것이 아니라
그들의 삶과 인격을 듣고 있기 때문이다.

좋은 사람이 하는 말은 틀려도 맞게 알아듣는다.

틀린 것을 알아서 교정하고, 나쁜 말도 좋게 해석한다.

말을 잘 듣게 하려면 문법이 아닌 인격으로 말해야 하고

말을 잘 알아들으려면 법칙과 논리가 아닌 사람을 들어야 한다.

말은 입으로 하는 것이 아니라 삶으로 하고

알아듣는 것은 귀가 아니라 마음이다.

화장실에서
의견 맞추기

동대문 전철역 화장실에 들어서니
청년 둘이 심각하게 대화를 나누고 있다.
내가 들어가자 눈치를 보며 소리가 작아진다.
뭔가 아주 중요한 내용을 이야기하는 것 같다.
무심한 척 볼일을 보며 귀를 기울였다.

"넌 뭘 원하는데?"
"너는 어떻게 할 건데!"
"글쎄 먼저 말해보라니까?"
"아, 참! 말 안 통하네!"
"그러지 말고 우리 간단히 하자! 떡볶이야, 족발이야? 조금 더 쓰고 족발 좋지 않냐?"
"족발?"
"그래! 밀가루보단 고기가 낫지!"

"그래도 얼큰한 맛이 안 좋냐?"

"끈기가 없잖아!"

"족발은 비싸잖아?"

"우리! 솔직하게 그 정도 쓸 돈은 있잖아!"

"그렇기야 하지!"

"그래, 됐어! 그럼 족발이다? 족발!"

"응! 그러지, 뭐!"

"그러면 됐어. 자, 가자!"

두 청년의 심각함은 저녁 메뉴 때문이었다.
저녁 한 끼를 위한 의견 맞추기가
그렇게 심각한 문제인 줄은 그때 처음 알았다.
세상에서 가장 어려운 것이 의견 맞추기다.
안 맞는 물건은 깎아내고 두드리면 적당히 맞게 되지만
다른 의견 맞추기는 별 따기보다 어렵다.
의견이 맞지 않으면 아주 작은 문제도 세상이 망할 만큼 큰 문제가 되고
의견이 맞으면 세상보다 큰 문제도 하찮은 것이 된다.
하루 세 번씩이나 먹는 밥, 한 번 정도는 굶어도 상관없는 밥
그 밥 한 끼를 먹는데도 저렇게 심각한데
다른 문제는 오죽할까?
'이리로 갈까? 저리로 갈까?' 하며
밤새 싸우지는 않기를 바라며 화장실을 나선다.

How to live a day 05

+

누가 봐도 비정상

모든 사람이 이상하게 보는 아이라도
부모는 정상이라고 생각한다.
아이를 사랑하기 때문이다.
사랑하는 사람에게는 모든 것이 정상이다.
사랑으론 이상한 것도 정상이 된다.
정상인가 아닌가는 마음의 눈이 결정한다.
따지고 보면 세상에 완전한 정상이 어디 있겠는가?
정상이라고 생각하며 살고 있을 뿐이고
정상인 것 같기 때문에 정상이라고 하는 것뿐이다.
정상인가 아닌가는 문제가 아니다.
사랑하느냐 아니냐가 진짜 문제다.
사랑하면 정상이고 아니면 비정상이다.

근거 있어?

처음엔 모든 말이 근거 없는 말이었다.
그러다가 수긍하는 사람들이 생기면서
근거 있는 말이 되기 시작했다.
근거는 만들면 시작된다.
누군가 근거 없는 말을 시작하고
한두 명이 받아들이면 그것이 근거가 된다.
사람들이 고개를 끄덕일 만한 것
옳다고 느끼는 것을 이야기하고
그것이 받아들여지면 근거가 된다.
근거를 따지기 시작하면 결국 모든 말이
근거 없는 말이라는 사실을 알게 될 것이다.

근거를 따지는 것은 상대의 말을 들을 생각이 없기 때문이다.
따지는 사람을 설득하기 위해 논리를 펴는 것보다

따지는 이유를 물어보고 사과하는 것이 낫다.
따지고 드는 사람은 절대 설득되지 않는다.
법원에 갈 일이 아니라면 근거를 물어보지 말고
설명하려고 애쓰지도 말라.
그냥 커피나 한잔하면서 잡담으로 마음을 추스르면
근거 논쟁은 물거품처럼 가라앉을 것이다.
참된 근거는 말에 있지 않고 각자의 마음속에 있다.

사람이 아닌
사과를 기다린 아내

결혼 후에도 공부를 하느라고
수업이 없는 날엔 틈틈이 아르바이트를 해야 했다.
동기생의 알선으로 냉동보관 회사에 일을 하러 갔다.
가을 상품인 사과와 배를 보관했다가 여름에 내보내는 곳이었다.
보관 중 온도가 맞지 않거나 냉동 환경에 적응하지 못한 것들은
상품가치를 잃어서 팔 수 없는 물건이 된다.
그런 물건들이 나오면 일하는 사람들이 나누어서 집으로 가져간다.
일하기 시작한 첫날
여름엔 맛보기 어려운 사과 한 바구니를 가지고 집으로 갔다.
사과의 상한 부분을 도려내고 맛을 본 아내의 한마디,
“이거 엄청 좋은 사과인가 봐! 정말 꿀맛인데!”
그 후로 나는 일하러 가는 것이 즐거워졌다.
여름엔 맛볼 수 없는 고급 사과를
아내에게 가져다줄 수 있었기 때문이다.

며칠이 지나서 사과 몇 개를 담은 가방을 들고
집 앞 버스정류장에 내리니
아내가 생전 처음 마중을 나왔다.
"웬일이야? 마중을 다 나오고!"
"오늘 사과 가져왔어?"
"응! 먹을 반한 거 몇 개 싸주더라!"
"오늘은 일찍 들어와서 집에 있는데 사과가 너무 먹고 싶은 거야! 당신 올 시간이 되니까 도저히 집에 앉아 있을 수가 없더라고. 그래서 나왔어! 빨리 가! 일단 사과 하나 깎아 먹고 저녁 먹게!"
"나를 기다린 게 아니고 사과를 기다린 거로군!"
"그렇지, 뭐!"
그날 저녁 나는 사과 때문에 아내의 마중을 받았다.
가방이 무겁다고 들어준 것이 아니라
먹고 싶은 사과를 들고 간 것이었다.
때로는 사람보다 사람이 들고 오는 물건이
더 환영받을 때도 있다는 걸 그날 알게 되었다.

천국에 들어가려면 두 가지 질문에 답해야 돼.
"인생에서 기쁨을 찾았는가?
인생에서 다른 사람을
기쁘게 해주었는가?" 이거야.

_영화 <버킷리스트>

미숙한 사랑은 '당신이 필요해서 당신을 사랑한다'고 하지만
성숙한 사랑은 '사랑하니까 당신이 필요하다'고 한다.
_ 처칠

How to live a day 3

사물과 함께 사는 법

모든 인생론은 바닥에 모여 있다.
무거운 것이 아래로 가라앉듯
인생에 대한 성찰은 바닥에 존재한다.

어떤 사실을 안다고 생각할 때 그건 다른 시각에서도 봐야 한단다.
틀리고 바보 같은 일일지라도 시도를 해봐야 해.

_영화 〈죽은 시인의 사회〉

작은 구멍의
악취

우리 교회 입구에는 작게 꾸며진 만남의 장소가 있다.
사람이 많이 다니는 날은 괜찮은데
아무도 안 오는 조용한 날이면 은은한 하수구 냄새가 난다.
그래서 교회에 혼자 있는 날이면 열심히 청소를 한다.
쓰레기통을 비우고 바닥을 닦고, 문을 열고 환기를 시킨다.
그런데도 냄새가 가시지 않는다.
어디서 나는 것인지 알기 위해 구석구석을 살펴본다.
생수대 뒤 소화전 가까이만 가면 냄새가 심해지는 것 같다.
소화전 안에 쥐라도 죽어 있는 건가?
소화전 문을 열고 샅샅이 살펴도 죽은 쥐는 없고 겹겹이 쌓인 먼지뿐이다.
먼지가 오래돼서 썩는 냄새를 풍기나?
먼지를 다 털어내고 문을 닫고 한참 있다 다시 가보니 여전히 냄새가 난다.
먼지도 아니고, 그러면 아무것도 없는 곳에서 왜 냄새가 날까?
소화전을 열고 이것저것 만지다가

전선이 들어온 작은 관에서 바람이 나오는 것을 발견한다.
'혹시 이 바람인가?' 해서 코를 들이대보니
은은한 하수구 냄새가 난다.
아! 이거구나!
원인을 발견하니 유레카를 외친 아르키메데스의 심정을 이해할 것 같다.
그런데 왜 여기서 하수구 바람이 나오지?
잘 생각해보니 소화전의 전선관은 지하의 배전실과 연결되어 있다.
그리고 배전실 옆에는 건물의 하수를 모아 처리하는 집수정이 있다.
그곳의 냄새가 작은 관을 타고 3층까지 올라오는 것이다.
종이로 구멍을 막고 실리콘으로 미세한 틈까지 막아버린다.
그러고 나니 더 이상 바람도 나오지 않고 냄새도 나지 않는다.
그 작은 구멍에서 나오는 미약한 바람이
실내 전체를 기분 나쁜 냄새로 가득 채우고 있었다.
우리의 인생도 악취 나는 곳과 연결되어 있으면
아무리 거리가 멀어도 악취를 풍기게 된다.
아무리 작은 구멍이라도, 아주 미약한 바람이라도
기분 나쁜 냄새는 아주 멀리까지 간다.

인생은 바닥에서 터득한다

바닥을 모르는 사람은 인생을 깨우칠 수 없다.
인생의 의미는 바닥에서 주워 올려야 한다.
인생의 훈련은 바닥을 딛고 일어서야 시작되고,
인생의 첫 과정은 바닥에 고여 있다.
인생의 의미를 알기 위해선 세상의 바닥을 알아야 한다.
교만하고, 거만하고, 안하무인이 되는 이유,
몰이해, 편견, 무자비, 관계 단절은 바닥을 모르기 때문이다.
사랑스런 자녀에게 사랑스런 대접으로는 인생을 알려줄 수 없다.
바닥에 떨어진 부모의 삶을 이해할 때 비로소 인생을 알게 된다.
고개를 숙일 줄 모르는 오만함은 인생을 모르기 때문이고,
배려가 없는 태도는 편하고 대접받는 위치에 머물러 있었기 때문이다.
그런 대상에게서 인생론을 기대하지 말라.
모든 인생론은 바닥에 모여 있다.
무거운 것이 아래로 가라앉듯 인생에 대한 성찰은 바닥에 존재한다.

풍요함이
인간을 망친다

풍요함이 인간성을 타락시킨다.

없는 사람은 고개를 숙이나 있는 사람은 고개를 숙이지 않는다.

풍요를 감당할 능력이 없을 때 사람은 자멸을 선택한다.

가난한 사람들은 인간성이 아름답다.

풍요한 사람들은 겉치레가 아름답다.

물질의 풍요는 영혼을 빈곤하게 한다.

물질에 대한 관심은 영혼에 대한 관심보다

순간적이고 자극적이고 말초적이라 즉시 효과가 나타난다.

시험지에 적힌 숫자 하나가 아이를 한순간에 거만하게 하듯

풍요함의 비인간성을 이길 사람은 없다.

그럼에도 사람들은 풍요를 위해 달려간다.

맛이 날아간다

맛있는 음식도 시간이 지나면 맛이 없어진다.
그 맛은 어디로 간 걸까?
아무도 건드리지 않고, 아무것도 하지 않았는데
시간과 허공이 맛을 빼앗아간다.
시간이 지나면 모든 사물은 저절로 변하고
공간이 달라지면 같은 것도 다른 것이 된다.
같은 라면이라도 집에서보다 산에서 더 맛있는 것은
시간과 공간이 다르기 때문이다.
지금은 마음에 들지 않는 물건이
조금 후엔 마음에 들 수 있고,
오늘 속상하던 일이 내일이면 기분 좋은 일이 되기도 한다.

음식에 담긴 맛이 허공으로 날아간다.
냄새가 날아가는 것은 맛이 날아가는 것이다.

시간이 맛을 빼앗아 간다.

시간이 가기 전에 맛이 날아가기 전에

싱싱할 때 대접하고, 선물하고, 사용하라.

보관하고 쌓는 것은 맛을 허공으로 빼앗기는 행위이다.

즉석요리가 맛있는 이유는

맛을 가장 많이 소유하고 있기 때문이다.

아무리 맛있는 것도, 아무리 좋은 물건도

조금 후엔 맛없는 것이 되고 별것 아닌 것이 된다.

허공엔 수많은 에너지와 증발된 맛과 영양소와 사람의 기억들이 가득 차 있다.

허공은 무한한 저장고다.

세상의 모든 것이 들어 있는 창고이다.

아직도 허공은 자신의 빈 공간을 채우기 위해

맛과 신선함을 탐내고 있다.

서둘러 베풀지 않고 빨리 나누지 않으면

결국 허공으로 아무 의미 없이 날려버리는 꼴이 될 것이다.

오늘, 당신의 남은 인생에서의 첫날입니다.

_영화 <아메리칸 뷰티>

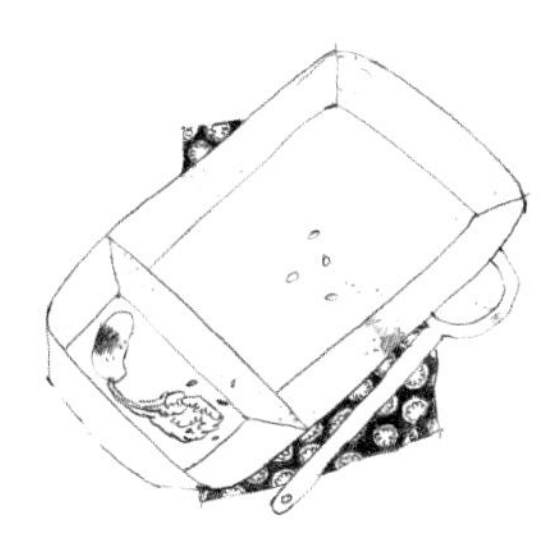

건빵 불리기

어머니는 아침에 용돈 400원을 방에 던지고 시장으로 나가신다.
세 딸과 막내아들은 그 돈으로 각기 건빵 한 봉지씩을 산다.
하루 세 끼 외에 유일하게 먹을 수 있는 간식은 건빵 한 봉이었다.
좀 더 풍성한 간식을 위해 곰곰이 생각하던 큰언니는
건빵을 물에 띄워서 불려보았다.
물을 먹은 건빵이 점점 커지는 모습을 보며 마음이 흡족해졌다.
동생들에게 건빵 먹는 요령을 알려주었다.
물에 띄운 건빵이 커지는 모습을 발견한 동생들은
큰언니의 발견을 놀라워하며 매일 그렇게
건빵을 불려 풍족한 간식을 먹을 수 있었다.
바삭하고 고소한 맛은 없어졌지만
두 배 이상 커진 건빵을 바라보는 것만으로도 충분히 행복했다.
그렇게 불어난 건빵은 너무 흐늘거려서
손으로 건져 먹을 수 없고 숟가락으로 조심스럽게 건져 먹어야 한다.
물에 띄운 건빵을 빨리 건지면 크기가 작기 때문에
형제들은 서로 더 오래 불리기 위해
먹을 것을 앞에 두고도 오래 참아야 했다.
참는 만큼 건빵은 커지기 때문이다.
그런데 어느 날부턴가 큰언니의 건빵은
동생들 것보다 빨리 커지고 훨씬 더 커지기 시작했다.

네 명의 형제가 똑같은 그릇에 물을 담아
동시에 건빵을 그릇에 던지면
세 개는 두 배가 되고 하나는 세 배가 된다.
동생들 것보다 훨씬 커진 건빵을 큰언니는
조심스럽게 떠서 만족한 표정으로 입에 넣었다.
"언니 건 왜 그렇게 커져?"
동생들이 물어보았지만 언니는 알려주지 않았다.
"글쎄! 나는 너희들보다 착해서 그런 거 같아!"
뭔가 비법이 있을 텐데
이번엔 큰언니가 동생들에게 가르쳐주지 않았다.
그릇을 유심히 살피던 동생들은 큰언니가 잠깐 나간 사이에
큰언니의 그릇에 손가락을 담가보았다.
언니의 물은 따뜻한 물이었다.
큰언니는 동생들에게는 말하지 않고 혼자 따뜻한 물을 떠온 것이었다.
그 후로 네 명의 형제들은 펄펄 끓는 물에 건빵을 띄워
풀어져서 죽이 되기 직전의 건빵을 간식으로 먹으며 어린 시절을 보냈다.
그 어린 시절을 보낸 사람 중에 셋째 딸이 지금 나와 함께 살고 있다.

자연에
부끄러운 인간

시냇물은 부끄럽게 사람들 앞을 흘렀다.

만물의 영장인 사람에 비하면

시냇물은 그저 흐르는 것 외에는

달리 할 수 있는 일이 없기 때문이다.

그러나 지금 시냇물은 거품을 품고 사람을 조롱하며 흐른다.

타락한 인간은 자연의 조롱을 받는다.

인간은 양심의 가책으로 시냇물에서 거품이 이는 것을 본다.

사람의 훼손으로 물에 거품이 일고, 썩기도 하고, 신음하고 있다.

자연이 욕심을 부리는 인간을 비웃는다.

그러나 원래는 자연이 인간을 부러워했다.

자연의 법보다 인간의 법이 더 고차원이었다.

사랑과 용서와 우정을 나누는 인간의 모습은 자연에는 없는 법이었다.

그런데 인간성을 상실하고 자연만도 못한 인간이 되어서

만물의 영장이 자연에게 부끄러운 존재가 되었다.

사람이 인간성을 다시 회복하면

시냇물은 다시 사람들 앞을 부끄러워하며 흐를 것이다.

말은 삶을 통해 완성된다

열심히 살지 않은 사람은 할 말이 없다.
자기 일과 인생에 최선을 다한 사람은
논리와 철학을 배우지 않아도 분명하게 말할 수 있다.
반들거리는 대리석이 거친 채석장에서 나오듯
아름다운 말은 험한 삶의 현장에서 만들어진다.
땀을 흘려본 적이 없는 사람은 땀에 대해서 할 말이 없다.
보고 들은 것을 종합해서 설명할 수는 있으나
그런 말로는 땀의 가치를 전달할 수 없다.
한여름의 들판에서 흐르는 마른 땀,
찜통 같은 갱도 안에서 흐르는 먹물 같은 땀.
그런 땀을 흘려본 사람은
땀이 무엇을 의미하는지 분명하게 말할 수 있다.

삶은 없고 지식만 있는 사람의 말은

복사기가 책을 복사하는 것과 같다.

아무리 많은 말을 해도 그 의미는 전달되지 않는다.

삶에서 만들어지지 않은 말은 깊이도 없고 감동도 없다.

정말 말을 잘하고 싶다면 열심히 살아야 한다.

말로는 말을 잘할 수 없다.

말을 잘하게 하는 것은 삶이다.

말을 통해 삶을 읽을 수 있고

삶을 통해 말이 완성된다.

오해

집안 잔치가 있어서 생전 처음 보는 친척들이 찾아왔다.
모든 가족이 거실과 마당에서 이야기를 나누고 있었다.
인사를 마치고 안방을 들어서며 중심을 잃고 벽을 짚다가
아버지의 양복을 잡았는데 막대도장이 느껴졌다.
아버지는 사무용 도장을 갖지 않은 분인데?
라이터면 몰라도! 결재용 도장이?
순간 너무 궁금해서 주머니에 손을 넣고 꺼내보는데
외가댁 사촌 형이 들어서다 나를 물끄러미 바라본다.
아버지한테 이런 도장이 있었나?
도장을 다시 주머니에 넣고 돌아서 방을 나왔다.
거실에 나오니 아버지의 양복이 옷걸이에 걸려 있었다.
방에 있던 양복은 아버지의 양복이 아니라 사촌 형의 것이었다.
그제야 나를 바라보던 사촌 형의 눈길에 담긴 의미를 알았다.
생전 처음 본 나를 손버릇 나쁜 말썽꾼으로 생각했을 것이다.

아버지 양복과 똑같아서 실수한 건데,

친척들의 양복을 뒤지는 건달로 비쳐졌다.

지금까지 살면서 지워지지 않는 가장 억울한 오해였다.

다시 들어가서 사연을 이야기했어야 하는데 그냥 지나치고 말았다.

그 후로 다시 사촌 형을 만날 기회는 오지 않았다.

오랜 세월 동안 왜 사실을 말하지 못했을까?

얼굴은 잊혔는데 나를 바라보던 그 눈길이

문득문득 생생하게 떠오른다.

단 한 번의 만남과 한 번의 실수로

사촌의 기억 속에 나는 영원히 주머니 터는 놈이 되었다.

지금도 생각하면 가슴이 답답하다.

왜 돌아서서 사실을 말하지 못했던가?

난 그런 놈이 아니었는데!

타락한 세상을
축복하라

세상을 원망해선 세상을 바로잡을 수 없다.
아직 우리는 세상 속에서 살아가야 하기에
원망보다 축복이 필요하다.
내가 살 세상이 저주를 받는 곳이라면
그곳에서 난들 행복한 삶을 살 수 있을까?
많은 사람이 세상을 구한다는 명목으로
세상에 대한 비난을 거침없이 쏟아놓는다.
그래서 세상은 한층 더 더러운 곳이 된다.

악한 세상 속에 존재하는 개인은 선한 인생들이다.
타락한 조직을 이루고 있는 것은 타락해선 안 될 사람들이다.
부패한 세상 속의 사람들은 정결을 소망하는 사람들이다.
부패하고 타락하고 악한 세상은
거부되고 저주받아야 할 곳이 아니라

받아들여지고 사랑받아야 할 곳이다.
세상은 외면하고 떠나야 할 곳이 아니라
더 가까이 다가가서 함께해야 할 곳이다.
타락한 세상을 축복하라.
추악한 인간을 사랑하라.
미쳐가는 것들을 품에 안으라.
경쟁자를 가까이하라.
용서할 수 없는 것을 용서하라.
원수를 사랑하라, 그도 누군가에겐 친구이기 때문이다.

세상을 거부하면서 세상을 구할 수 없다.
우리가 세상 속에 존재하는 이유는
그 속에 여전히 사람들이 살고 있고,
또 그들과 함께 살아가야 하기 때문이다.

긴장하면
말에서 떨어진다

기쁨은 몸을 건강하게 한다.
죽음을 신의 자비로 생각하고 기다리는 사람은
병 없이 100세를 살게 된다.
두려움 없는 것, 긴장하지 않는 것이 건강을 주기 때문이다.
내장 상태가 좋다는 것은 기분이 좋은 것으로 나타나고
기분이 좋으면 내장 상태가 좋아진다.
무엇이 먼저인지 알 수 없지만
어디서부턴가는 시작해야 한다.

말에서 떨어지는 이유는 긴장하기 때문이다.
떨어질 것을 염려하는 사람은 긴장하게 되고
긴장으로 인해 몸이 말의 리듬에 반응하지 못하게 된다.
떨어지지 않으려는 것보다 자연스럽게 떨어져주는 것이 낫다.
말 타기를 배우며 한 번도 안 떨어지려는 것은 욕심이다.
몇 번 정도는 편하게 떨어져준다고 생각하면 긴장을 풀 수 있다.
무엇을 타든 무엇을 하든, 긴장하면 떨어진다.

떨어지는 것도 안 떨어지기 위한 과정이다.
떨어져도 죽지 않는다.
떨어지면 다시 올라타면 된다.
긴장할 이유는 없다.
긴장해서 좋을 것도 없다.
잘되면 좋고 안 돼도 할 수 없다.
그렇게 긴장할 필요까지는 없다.
수십 번을 떨어진 사람들도 잘 살고 있다.

Don't worry
Buddy~
편하게, 편하게~

How to live a day 06

+

부조화가 모이면 조화가 된다

카네이션의 꽃잎은 각기 다르다.
톱니 모양의 개수와 크기, 방향이 모두 제각각이다.
그 각각의 다른 것들이 모여서 아름다운 꽃으로 완성된다.
세상 만물이 모두 제각각이지만
그 만물이 모여서 아름답고 완전한 세상을 만든다.
작은 개체를 보면 안 어울릴 것 같지만
전체를 보면 모든 것이 조화다.
사람의 부조화도 하나님에겐 조화다.
부조화끼리 모여도 조화가 된다.
불행도 모이면 행복이 된다.
세상의 모든 것, 존재하는 모든 것은 조화롭고 행복하다.

도시가
나를 뛰게 만든다

조용히, 점잖게 살고 싶은데
도시의 많은 것이 나를 뛰게 만든다.
신호등의 깜박임이 뛰어서 건너라고 신호를 보내고,
전철의 진입 소리와 밀려나오는 계단의 바람이 뛰게 만들고,
영화 상영 시간과 접수 마감 시간, 출근 시간과 약속 시간,
선착순이라는 말과 은행의 업무 종료 시간이 뛰게 만들고
닫히는 엘리베이터 문과 자동차의 경적 소리가 나를 뛰게 만든다.

도시는 무엇을 중심으로 돌아가는가?
내가 도시의 중심은 아닌 것 같다.
너도 아닌 것 같고 너희도 우리도 아닌 것 같다.
도시는 신호와 소리와 사람이 만든 시설과 물건들에 의해 돌아간다.

신호등은 가만히 서서 사람을 뛰게 하고,

자동차는 조용히 있다가 갑자기 소리쳐서 사람을 깜짝 놀라게 하고,
정해진 시간은 인정사정도 없이 사람을 조급하게 만든다.
사람은 뛰고 사물은 제자리에 머물러 있다.
누가 도시의 주인인가?
사람인가, 사물인가?
신호를 보내고 느긋이 서 있는 신호등인가, 뛰어다니는 사람인가?
신호등이 깜박거려도 여유롭게 걸어서 내가 이 도시의 주인임을 보여주고
더 이상 신호등이 나를 조롱하지 못하게 해야겠다.
도시가 나를 주무르지 못하게 내가 도시를 주무르는 사람이 되고 싶다.

때려 박으면 때려서 빼고,
돌려 박으면 돌려서 뺀다

일반적으로 못에는 두 종류가 있다.
망치로 때려서 박는 전통적인 철못과
드라이버로 돌려서 박는 나사 모양의 피스다.
때려서 박는 것은 손가락을 치지만 않으면 아주 쉽다.
전문 목수의 망치질 두세 번이면 된다.
하지만 돌려서 박는 피스, 즉 나사못은 세밀한 정성이 필요하다.
간격을 맞추어 단단히 붙들어야 하고,
나사못이 넘어가지 않도록 힘 조절을 잘 해야 한다.
일을 완성하는 데는 망치로 때려서 박는 것이 쉽고 빠르다.
그러나 일이라는 것은 잘못될 수 있고, 수정이 필요할 때도 있다.
그때는 만든 물건을 다시 해체해야 한다.
그러면 두 가지 상황이 벌어지게 된다.
때려서 박은 것은 이제 못이 아닌 물건을 때려서 빼야 하고,
돌려서 박은 것은 돌리면 빠진다.

두 가지 과정은 아주 많은 차이가 있다.
소음의 차이와 물건 손상의 차이다.
때려서 박은 것은 박을 때보다
더 큰 소음이 있고 물건도 상처를 입게 된다.
그러나 돌려서 박은 것은 살살 돌리기만 하면
시끄럽지도 않고 물건의 손상도 없다.

고치고 수리해야 하는 상황이 자주 있으면 안 되겠지만
살다 보면 의외로 그런 일이 많이 생긴다.
한 번도 실수하지 않고,
한 번도 수정하지 않는 인생을 살고 싶지만
삶은 공사보다 더 많은 수리가 필요하다.
그때는 시작한 방법대로 재공사를 해야 한다.
때려서 박은 것은 더 세게 때려서 해결해야 하고
돌려서 박은 것은 조용히 돌리면 해결된다.
거칠게 시작하면 거칠게 끝나고,
부드럽게 시작하면 부드럽게 끝난다.

인생이 어떤 상황에 도달할지는 아무도 알지 못한다.
완성된 후에 다시는 해체할 일 없을 것이라고 생각할지 모르나,
잠시 후에 잘못 만들어서 고쳐야 할 수 있고,
더 크게 짓기 위해 뜯어내야 할 수 있다.

조금 더 신경을 쓰더라도 때리지 말고 살살 돌려 박으면

잘못된 일도 조용히 해결할 수 있다.

많은 공부와 지식이 곧
지혜로 연결되는 것은 아니다.

_헤라클레이토스

시간의 미스터리

우리는 항상 시간이 모자란다고 불평하지만
실제로는 시간이 남아도는 것처럼 행동한다.
아무것도 안 하며 빈둥거리는 시간은 있어도
다음 할 일을 위해 충분히 휴식을 취하지 않는다.
친구를 위해 시간을 내지 못하면서
적을 위해서는 엄청난 시간을 사용한다.
알차게 보낸 하루가 평안한 잠을 제공하듯,
알찬 생애를 산 사람은 평온한 죽음을 맞이할 수 있다.
죽음 앞에서 안달하는 것은
평온한 죽음을 맞이할 만큼
충분한 인생을 살지 못했기 때문이다.
낮 시간을 충실히 살면 잠자는 시간이 아깝지 않으나
낮을 낭비하면 잠자는 시간이 아까워진다.
시간은 공평하다.
모자라지도, 남지도 않는다.

사업인가,
사기인가?

거래라는 명목으로 약자에게 상처를 주고,

필요하지 않은 것을 만들어 팔고,

살 생각이 없는 사람에게 물건을 떠넘기고,

돈을 주어야 할 사람에게 나중에 준다는 종잇조각을 주고,

전시용 제품과 판매용 제품을 다르게 만들고,

싸구려 원료로 고가품을 만들고,

돈을 지불한 후에야 잘못 샀다는 것을 알게 하고,

자기 가족에겐 권할 수 없는 물건을 만들어내고,

땀 흘리며 고생한 사람들에게 월급을 주지 않고,

사람보다 사물을 더 소중히 여기고,

사람을 위한 물건이 아닌 돈을 위한 물건을 만들어내고,

물건값보다 포장값이 더 비싸고,

같은 물건을 다른 가격으로 판매하는 것은

사업이라는 이름으로 사람을 속이는 것이다.

그들이 하는 일은 사업이 아니라 사기이고,
그들은 사업가가 아닌 사기꾼이다.

사업의 시작은 인간을 위한 물건을 만들고 유통시키기 위함이다.
일이라는 것은 사람에게 도움이 되는 것을 의미한다.
사람을 해치고, 괴롭히고, 상처 주고, 아프게 하는 것은
쓸데없는 짓과 도둑질처럼 일이 아닌 짓과 질이 된다.
못된 선생은 교육자가 아닌 선생질하는 사람이 되고
사랑이 아닌 불장난을 하는 사람은 연애질하는 사람이 되듯이
사업이 아닌 사기를 치는 사람은
사업가가 아닌 사업질을 하는 사람이 된다.
일을 잘한다는 것은 일 잘하는 것을 의미하는 것이 아니라
사람을 위할 줄 안다는 것을 의미한다.

사람인가,
돈인가?

모든 영화, 이야기, 사건 사고의 중심에는 돈이 자리 잡고 있다.

부패와 선행의 중심에도 돈이 있다.

돈이 없으면 사람 구실도 못하는 세상이 되었다.

돈을 가진 자가 힘을 가진 자이고,

모든 지식과 능력의 잣대가 돈이 되었다.

인간의 존엄성도 그 앞에선 큰소리칠 수 없게 되었다.

돈과 연결되지 않은 이야기는 없는 것일까?

모든 자기계발서가 돈 이야기로 가득하다.

성공도, 일도, 꿈도 희망도, 돈 이야기뿐이다.

돈 없으면 실패이고, 돈 있으면 성공이다.

돈이 행복이 아니고 진정한 성공도 아니라고 하면서 돈 이야기만 한다.

모든 범죄의 원인이고, 갈등의 원인, 살인과 음모의 원인이다.

아이들도 무조건 비싸면 좋은 줄 안다.

필요한 것을 선택하지 않고 비싼 것을 선택한다.

내가 최종적으로 선택하는 것이 무엇인가?

돈인가? 그렇다면 나는 잘못 살고 있다.

무슨 일을 하든, 어떻게 어디서 살고 있든, 잘못 살 확률 100%다.

기업이나 학교, 연구, 작품, 모든 것의 최종 목적이 사람이 아니라면

그것은 가치를 상실한 것이다.

그래도 마지막엔 돈이 아닌 사람을 선택할 것이라고 생각한다면

그 마지막 선택을 앞당겨서 최초의 선택이 되게 하라.

그리고 그것을 모든 과정 중에 포함하라.

그것이 모든 일을 가장 인간적인 것으로 만들 것이다.

사람을 차선으로 둔 모든 것은 결국 비인간적 결과를 만들어낼 것이다.

자연의 폭력은 운명이 되고,
사람의 폭력은 상처가 된다

자연의 거대한 폭력은 운명으로 받아들이는 반면
사람의 말 한마디는 아픔으로 받아들인다.
자연에게 복수하거나 원한을 품지 않고 운명으로 받아들이는 이유는
자연이 감정을 갖지 않았기 때문이다.
사람의 폭력으로 영혼에 상처를 입고 한평생 아파하는 이유는
사람에게 받은 폭력에는 감정이 담겨 있기 때문이다.
감정이 섞이지 않은 폭력은
대항하거나, 복수하거나, 원망하지 않는다.
개인적인 감정 없이 일어나는 사고는
대부분 어쩔 수 없는 것으로 받아들인다.
자연과 원수를 맺는 사람은 없다.
사물과 짐승을 향해서도 원한을 맺지 않는다.
사람의 원수는 사람뿐이다.
감정을 주고받는 관계에서만 원수가 된다.

상처는 감정에서 온다.

상처받지 않으려면 감정을 무시하고,

감정을 품지 말고,

사람 사이에서 일어난 사건을

자연의 현상처럼 운명이라고 생각하면 된다.

상처를 받고 안 받고는 상처의 대상에게보다

스스로의 인식과 감정 조절에 달려 있다.

나쁜 놈이 부르는 노래가 좋은 이유는?

노래는 나쁜 놈의 나쁜 기운을 숨길 만큼 아름답다.

도둑놈도 노래하고, 강도도 노래한다.

노래는 사람을 포용하는 힘이 있다.

노래는 아무도 거절하지 않는다.

노래는 누구에게나 좋고, 누가 불러도 좋다.

노래 속에는 도둑도 강도도 없다.

노래만 잘해도 모든 것이 덮어진다.

노래는 슬픔도 아픔도 스캔들도 덮을 정도로 크다.

광신도가 부르는 노래도 아름답기만 하다.

노래로 사람을 속일 수 있고,

노래로 사람을 이끌 수도 있다.

노래는 아무도 차별하지 않는다.

노래는 누가 불러도 아름답다.

사람이 노래만도 못할 때가 있다.

머리카락 하나의 무게

머리카락 하나가 떨어지면

그 무게에 팔이 불편하고 목이 가렵다.

그 하나가 사람의 신경을 거슬리게 하고,

다른 일에 집중하지 못하게 한다.

바람에 불려 날아가는 그 작은 것이 몸을 피곤하게 한다.

머리카락 하나도 견디지 못하고

털어버려야 살 수 있는 것이 사람이다.

그런 사람에게 짐을 지우지 말라,

상처 주지 말고, 괴로움을 더하지 말라,

머리카락보다 무거운 어떤 것도 지우지 말라.

사람은 그렇게 작은 것에도 괴로워하는 존재다.

머리카락 하나가 매달려도 괴로운데,

사람 하나가 매달리면 얼마나 괴로울까?

사람에게 매달리지 말라,

머리카락도 무거워 치워버리는 것이 사람인데
사람이 매달리면 같이 죽는다.
깃털보다 가벼운 것이 사람을 귀찮게 하는데
사람 하나는 얼마나 귀찮을까?
새 사람이 하나 다가오면 그 무게로 삶이 달라진다.
달라지는 것이 당연하다.
한 사람이 얼마나 많은 머리카락을 가졌는데.

영화는 현실이 아니란다.
현실은 영화보다 훨씬 잔인하고 독하지.
그래서 인생을 우습게 보아서는 안 된단다.

_영화 <시네마 천국>

하나 둘 셋에
담긴 진리

하나 둘 셋

원 투 쓰리

이치 니 산 (일본어)

앙 드 뜨와 (프랑스어)

아진 드바 드리 (러시아어)

닉 허이르 고로 (몽골어)

무거운 물건을 들 때 사용하는

세계 공통의 작업 규칙이다.

물건을 들어서 다른 곳으로 던질 때

세계의 모든 사람은 대부분 셋까지 센다.

누가 가르친 것도 아니고 합의한 것도 아니다.

그냥 셋이라는 것은 몸이 이해하는 가장 적당한 타이밍이다.

진리는 그런 것과 같다.

가르치지 않아도 몸이 알고 있는 것,

배우지 않아도 인식하는 것,

합의하지 않아도 합의되는 것,

정한 적도 없지만 정해져 있는 것이 진리다.

어떤 사람들은 그런 것을 거부한다.

왜 꼭 셋까지 세느냐?

둘이나 하나에 끝내자고 새롭게 합의한다.

그리고 시간이 흐르면

다시 모든 사람은 원래대로 셋을 세며 일한다.

전통 중에는 거부할 수 있는 것이 있고

거부할 수 없는 것, 거부되지 않는 것이 있다.

진리는 합의한다고 달라지지 않는다.

자연과 우주의 법칙은

인간의 합의에 의해 존재하지 않고 스스로 존재한다.

해마다 예년보다 춥고 예년보다 더운 이유?

해마다 날씨예보는

겨울엔 예년보다 춥고

여름엔 예년보다 더운 날이라고 한다.

그리고 조금 지나면 예년 기온으로 돌아간다고 한다.

예년은 지난 50년간의 평균이다.

세상사가 평균대로 이루어지는 일은 없듯이

해마다 기온은 예년과 같을 수 없다.

평균온도에 맞는 날이란 있을 수 없다.

평균은 여러 개가 있어야 산출되는 것이다.

하나로는 평균이 만들어지지 않는다.

예년은 50년이니 평균을 만들 수 있지만

올해는 하나이니 평균이 될 수 없는 것이 당연하다.

그런데도 우리는 해마다 예년보다 춥고 덥다는 예보를 들으며

항상 올해는 정말 춥고 정말 덥다고 이야기한다.

가장 더운 해도, 가장 추운 해도
지나가면 예년의 평균을 위한 한 해가 될 것이다.
올해는 우리의 몸으로 느끼는 기온이고 예년은 산술적인 기온이다.
실감 온도와 계산된 온도는 결코 같을 수 없다.
체감온도와 실제 온도가 차이나듯 다를 수밖에 없다.
같을 수 없는 예년의 기온을 기대하며 살지 말라.
포근한 겨울과 시원한 여름을 기대하지 말라.
여름은 항상 덥고 겨울은 항상 추울 것이다.
이루어지지 않는 것을 바라면 평생 헛고생을 하듯
예년과 같기를 기대하면 늘 더위와 추위에 시달릴 것이다.
올 여름은 일생 중 가장 더운 여름이 될 것이고
올 겨울은 가장 추운 겨울이 될 것이다.
미리 각오하고 있으면 추위와 더위도 쉽게 지나간다.
그냥 오늘의 기온을 살아가라.
예년의 기온으로 돌아가기를 기대하지 말라.
평균의 기온에서만 살게 되면
아무런 저항력도 없는 약한 사람으로 살게 되고
조금의 추위와 더위도 견디지 못하는
온실 속의 화초가 될 것이다.

How to live a day 07

+

어항 크기만큼 자라는 잉어

고이라는 이름의 잉어가 있다.
일본 사람들이 관상용으로 많이 기르는 비단잉어다.
그것을 작은 어항에 넣어두면
어항 안에서 헤엄치고 다닐 8센티미터정도 자란다.
연못에서 기르면 25센티미터까지 자란다.
그리고 강물에 풀어주면 120센티미터까지 성장한다.
고이는 자신이 활동할 수 있는 공간의 크기에 따라
스스로의 성장을 제한한다.
어떤 환경에서도 살아남기 위한 스스로의 비책인 것이다.
작은 곳에서는 작게 큰 곳에서는 크게!

사람도 마찬가지다.
작은물에서 노는 아이는 작은사람으로
큰물에서 노는 아이는 큰사람으로 성장한다.
부모의 그늘에 갇힌 아이는 부모의 기대를 채울 수 없고
친구의 우정에 갇힌 아이는 친구의 벽을 넘을 수 없고
학교의 울타리에 갇힌 아이는 학벌의 장벽을 넘지 못하고
자기 감정에 갇힌 아이는 성질을 이기지 못하게 되고
환경에 갇힌 아이는 어떤 상황도 돌파하지 못하게 된다.
익숙한 것, 편한 것, 안락한 것을 떠나지 못하는 사람은
자기 인생의 크기와 능력이 어느 정도인지 알지 못하고
삶을 마감하게 될 것이다.
어항 속에 갇힌 비단잉어처럼!

생각

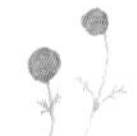

생각하면 성공하고
생각하면 행동하고
생각하면 말하게 되고
생각하면 사람이 된다.
생각하는 것이 삶의 시작이다.
생각이 결과를 만들어낸다.
생각을 조절할 수 있는 것이 사람이다.
생각은 어디에서 오는가?
하늘에서 내려오기도 하고
땅에서 솟아나기도 하고
사물을 통해 전달되기도 한다.
생각이 어디에서 오는지 다 알 수는 없다.
하지만 생각이 인생을 만드는
가장 중요한 요소인 것만은 분명하다.

동물은 오는 대로 받고 느끼는 대로 행동하지만

사람은 거부하기도, 끌어당기기도 한다.

생각을 조절하면 인생을 선택할 수 있다.

잘 살고 싶으면 잘 생각하라.

생각하는 만큼 살 수 있다.

생각을 멈추는 것은 죽음으로 가는 지름길이다.

관계의
상호작용

관계는 상호작용한다.

모든 일과 인생의 과정은 상호작용이다.

내가 영향을 주는 만큼 다시 영향을 받는다.

슬픈 말을 던지면 슬픈 대답이 돌아온다.

엄한 표정을 지으면 심각한 표정이 돌아오고,

거칠게 행동하면 거친 인생을 살게 된다.

나에게서 시작된 것은

세상을 한 바퀴 돌아 나에게서 끝난다.

내가 시작한 것이 나에게 돌아올 줄 알면

함부로 시작할 수 없다.

상호작용에서는 먼저 가해지는 충격이 나머지를 결정한다.

첫 삽이 나머지 공사를 거의 결정한다.

사람을 통해 내게 돌아오는 모든 것은

내가 시작한 것들이다.

비우든지
떠나든지

비우든지 떠나든지

둘 중 하나를 해야 병들지 않고 살 수 있다.

감당할 수 없는 문제 앞에서는

마음을 비우든지 그 상황을 떠나든지

가능한 한 빨리 하나를 선택해야 한다.

비우지 못하고 떠나지도 못하면 결국은

깨져서 흘러내리거나 떠밀려서 떠나게 된다.

세상에서 다 채워지는 인생은 없고 영원한 안식처는 없기에

어차피 떠날 거면 조금 일찍 떠나고,

결국 비울 거면 일찍 비우는 것이 낫다.

비우면 가벼워서 좋고 떠나면 홀가분해진다.

사람보다 신발이 대접받는 곳

구두 굽이 닳아서 갈기 위해
육교 아래 있는 구둣방으로 들어섰다.
열려 있는 문 안으로 들어서며 "안녕하세요!"
인사를 건네니 구두를 고치던 할아버지가 고개를 든다.
그런데 올라오던 고개가 금세 멈추었다.
'무엇을 바라보시는가?' 하고 시선을 따라가니
할아버지의 시선이 내 신발에 멈춰 있다.
신발 상태를 확인하고 다시 고개를 드시더니
비로소 내 얼굴을 보고 한마디하신다.
"굽 갈러 왔어?"
"네! 얼마예요?"
"오천 원!"
"앞굽도 갈아야 하는데!"
"그러면 만 원! 새로 사는 것보다 고치는 게 훨씬 좋아!"

"고쳐주세요!"

"벗어놓고 가! 지금 바쁘니까 한 시간 지나서 와!"

구두를 벗어놓고 나오면서 생각했다.

'여기는 사람보다 구두가 대접받는 곳이로구나!'

할아버지의 관심은 사람보다 구두이기에

사람을 보기 전에 구두를 먼저 보고,

구두를 통해 사람을 인식하고 있었다.

우리는 각자의 관심사로 사람을 본다.

내가 보는 사람들의 모습은 상대의 참모습이 아니다.

내 관심사를 통해 보이는 단편일 뿐이다.

사물에 대한 나의 판단은 나의 주관적 인식이고

사람에 대한 나의 평가는 나의 편견이다.

나와 다른 관심사를 가진 사람은 나와 다른 것을 보게 된다.

장아찌는 왜 썩지 않는가?

고추, 오이, 마늘, 양파가
간장, 된장, 고추장 속에 박혀 있으면 썩지 않는다.
그냥 두면 하루 만에 썩는 것들이
장 속에 있으면 1년이 지나도 그대로 있다.
장이 썩지 않는 것이기에
그 속에 있는 것들도 썩지 않게 된다.
무엇과 함께 있는지는 정말 중요하다.
썩는 것과 같이 있으면 썩고
썩지 않는 것과 같이 있으면 썩지 않는다.

더운 곳에 가면 더위를 먹고
추운 곳에 가면 추위에 떨고
위험한 곳에 가면 겁을 먹고
새로운 곳에 가면 긴장하고
썩은 곳에 가면 사람도 썩는다.

인간은 끊임없이 어떤 방식으로 행동함으로써 특정한 자질을 습득한다. 올바른 행동을 하면 올바른 사람이, 절도 있는 행동을 하면 절도 있는 사람이, 용감한 행동을 하면 용감한 사람이 된다.

_ 아리스토텔레스

사람과
개구리의 합주

연수원에서 세미나를 진행하고 있었다.
하루 일정을 마치고 주변을 산책하고 있는데
음악 부서에서 내일 연주할 곡들을 연습하기 시작했다.
음악이 시작되자 갑자기 개구리들이 울기 시작했다.
'우연이겠지!' 하고 몇 걸음 앞으로 걸어가는데 음악 소리가 그쳤다.
개구리 소리도 같이 멈추었다.
다시 음악이 시작되자 즉시 개구리들이 따라서 울기 시작했다.
건물 안에서는 알 수 없는 신기한 일이 개울가에서 벌어졌다.
그 후로 계속 새로운 음악이 연주될 때마다 개구리는 울었고
음악이 그치면 개구리 소리도 그쳤다.
개구리가 음악을 알아듣나?
개구리가 노래를 따라 부르나?
개구리도 음악을 감상할 줄 아나?
신기한 일을 누군가와 함께하고 싶었는데

그 자리엔 나 혼자밖에 없었다.
건물 안으로 들어가서 사람들을 불러오기도 좀 그랬다.
한참을 서서 음악 연주와 개구리 소리를 감상했다.
세상에서 다시는 들을 수 없는 사람과 개구리의 합주였다.
개구리는 분명 음악 소리에 반응하고 있었다.
전문적인 평가를 내릴 수는 없지만 나름대로 결론을 내렸다.
그날의 음악 소리는 개구리가 듣기에 적당한 주파수였던 것 같다.

주파수만 맞으면 개구리도 울릴 수 있다.
사람도 주파수가 맞아야 알아듣고 반응하게 된다.
상대가 알아듣지 못하는 딴소리를 하면
아무런 반응을 일으킬 수 없다.
아무도 내 소리에 귀를 기울이지 않는다면
사람들에게 문제 있는 것이 아니라 나에게 문제가 있는 것이다.
내가 내는 소리가 사람들이 듣기에 적당하지 않기 때문인 것이다.

찬바람,
뜨거운 바람

땀 흘리는 사람에겐 시원한 바람이
앉아 있는 사람에겐 차가운 바람이 된다.
똑같은 바람이지만
시원한 바람이라고 하는 사람과
찬바람이라고 하는 사람이 있다.
바람에겐 죄가 없다.
사람이 바람을 느끼는 온도가 다르기 때문이다.

그런 일이 바람뿐일까?
내게 좋은 것이 남에겐 싫을 수 있고
남에게 좋은 것이 내겐 싫을 수 있다.
두 사람의 기분은 언제나 다르다.
다른 것은 원칙적으로 하나가 될 수 없다.
두 사람이 하나가 되기 위해선

양보하고 참는 것밖에 없다.

따로 떨어진 물방울은 각각 말라서 없어지듯이
저절로 하나가 되는 것은 없다.
누군가는 밀어야 하고 누군가는 당겨야 한다.
밀지도 않고 당기지도 않으면
둘은 절대 하나가 될 수 없다.
왜 그렇게 말하느냐고 하지 말라.
어떻게 그럴 수 있냐고도 하지 말라.
내게는 시원한 바람이 그에게는 차가울 수 있고
내게는 따뜻한 바람이 그에게는 뜨거울 수 있다.

살인자의
경고

살인 사건은
사람이 그만큼 잔인할 수 있다는 것과
우리가 살고 있는 사회 속에
그런 잔인함이 숨어 있다는 사실을 보여주는 것이다.
살인자들은 자신이 저지른 죄의 대가를 받으며 세상에 경고하고 있다.
세상에, 우리가 사는 사회 속에 아주 큰 분노가 숨어 있다고.

살인은 인간 사회에서 일어나선 안 되는 일이다.
그런데 일어난다.
우리는 그러한 사건 앞에서 한 사람의 죄를 정죄하기 전에
그런 분노와 잔인함이 우리 속에 있음을 인식해야 한다.
살인자의 분노와 같은 것이 내 안에 있고
살인자가 받은 스트레스가 우리 속에도 있다.
내가 그것을 통제하지 못하는 순간 나도 살인자가 될 수 있다.

살인자들은 세상에 경고하고 있다.
한순간의 감정 폭발로 사람이 죽을 수 있고
내 안에 얼마나 무서운 것들이 숨어 있는지
그리고 우리 옆에 살인자로 떠밀리는 사람들이 있다는 것을.
그러나 사회를 책임진 사람들은
그렇게 무서워진 사회를 바라보는 대신
살인자 한 사람만을 바라본다.
모든 책임을 그 한 사람에게 지우고 사건을 매듭짓는다.
그리고 같은 일이 다시 일어난다.
사람 하나 처벌하는 것으로 사회 문제를 덮으려 하나
한 사람으로는 사회 전체가 덮어지지 않기 때문이다.

사형수가 하나 생기면
그에 따른 사회적, 국가적, 지역적, 가정적, 개인적 원인을 파악하고
각자의 속에 숨겨진 악을 도려내야 한다.
하나의 사건은 동시대에 살고 있는 모두의 책임이기 때문이다.
강력 사건이 많아진다는 것은
그런 원인을 누군가, 어디선가 계속 제공하고 있다는 의미다.
원인이 제거되지 않으면 사고는 계속 일어난다.
증상만 고치는 것으로는 병을 고칠 수 없다는 것을 누구나 알고 있다.
사회 현상도 원인이 치료되지 않으면 고쳐지지 않는다.

험악한 사회를 고치기 위해선
하나의 증상인 범죄자 한 사람만이 아닌
총체적인 처벌이 이루어져야 한다.
범죄를 통해 우리 각자의 잔인함을 발견하지 못하면
우리의 삶은 고쳐지지 않을 것이다.
우리는 범인을 욕하기 전에
나 자신의 책임이 무엇인지 생각해야 한다.

인간은 인생의 방향을 결정할 규칙을 가지고 있어야 한다.

_존 웨인, 인생명언

How to live a day 4

성공학에 딴죽을 걸다

지금의 성공학에 딴죽을 걸고 싶다.
서민의 삶, 인간적인 삶을 살라고 말하는
고전의 성공 철학이 그리워진다.

상처는 씻으면
낫는다

상처 입은 짐승은 물가로 가서
상처를 씻은 후 나을 때까지 먹지도 않고 낫기를 기다린다.
물가로 갈 수 없는 것들은 혀로 핥아서
자신의 상처를 깨끗이 한 후에 낫기를 기다린다.
상처를 치료하는 가장 좋은 방법은 씻어내는 것이다.
사람도 오래전부터 그것을 알았기에
상처를 씻는 방법을 연구한 결과
오늘날의 다양한 소독제를 발견하였다.

몸을 쓰는 짐승은 몸에 상처를 입고
마음을 쓰는 사람은 마음에 상처를 입는다.
몸의 상처든 마음의 상처든 낫는 원리는 같다.
깨끗하게 씻어내고 낫기를 기다려야 한다.
우리의 마음에 상처가 쌓이는 이유는

씻어내지 못하기 때문이다.

날마다 세수하고 목욕하고 수시로 손을 씻지만

마음은 씻지 못한다.

당장 눈에 보이지 않기 때문이다.

손보다 마음을 더 많이 쓰기에 분명

손톱 밑보다 마음속에는 더 많은 때가 낄 것이다.

손이 상처 입는 것보다

마음은 더 많은 상처를 입을 것이다.

그러니 손을 씻고 손톱을 정리할 때마다

마음도 씻고 정리하기를…….

손 씻는 방법이 사람마다 다른 것처럼

그대의 마음을 씻는 방법은 그대에게 달려 있다.

성공학에
딴죽을 걸다

세상에 쏟아져 나오는 그렇게 많은 성공 이론이
과연 사람을 성공하게 하는가?
마치 성공에 목매달고 죽으라고 하는 것 같다.
성공학이 알려주는 대로 하면 과연 성공할까?
성공은 무엇인가?
모든 사람이 다 그렇게 성공할 수 있을까?
차라리 서민으로, 보통 사람으로 살아가는 비결을 알려주는 것이 더 나은 듯하다.
나는 지금 있는 곳에서 사람답게 사는 것이 인생의 성공이라고 말하고 싶다.
누구처럼 되는 것이 성공인가?
복권 당첨된 사람처럼
수백만 명 중에 한두 명이 이룰 법한 성공 비결이
정말 모든 사람에게 필요한가?
오르지 못할 나무를 바라보며 가슴만 아프게 하고
실패자라는 자책으로 살아가게 하는

지금의 성공학에 딴죽을 걸고 싶다.

서민의 삶, 인간적인 삶을 살라고 말하는

고전의 성공 철학이 그리워진다.

성공한 사람보다는 가치있는 사람이 되라.

_알베르트 아인슈타인

왕자와 왕따

집 안에서 왕자로 큰 아이는
집 밖에서 왕따가 된다.
집 안에서야 가장 귀한 아들이고 딸이지만
집 밖에선 똑같은 한 명의 아이일 뿐이다.
집 안에서 남을 대접하는 것을 배운 아이는
또래 사이에서 인기를 누릴 것이다.
누구나 자신을 대접해주는 사람을 좋아하기 때문이다.
일방적으로 대접받기만 바라는 사람을 누가 좋아하겠는가?

사회성은 남을 돌볼 줄 아는 마음이다.
다른 사람을 인식하지 못하고,
심부름을 해본 적이 없고,
눈치 볼 줄 모르는 아이는 집 밖에서 왕따가 된다.
그런 아이는 집 안으로 기어들게 될 것이고,

가족이 아닌 사람과는 정상적인 관계를 맺지 못해
필연의 왕따 인생이 될 것이다.

밖에 나가서 잘 사는 아이로 키우려면
심부름 많이 시키고, 눈치도 보게 하고,
집 안의 하녀로, 머슴으로 키워야 한다.
아니면 왕자 대접을 받을 수 있을 만큼
돈을 주어서 친구를 살 수 있게 하든가!
그러나 꼭 기억해야 할 것은
돈으로 된 왕자는 돈 떨어지는 순간
아무것도 할 수 없는 무능한 왕자로 전락한다는 것이다.
정말 사랑한다면 집에서만 살 아이로 키우지 말고
집 밖에서 살 사람으로 키워야 한다.

교육은 암기를 얼마나 열심히 했는지, 혹은
얼마나 많이 아는지가 아니다.
교육은 아는 것과 모르는 것을 구분할 줄 아는 능력이다.

_아나톨 프랑스

남처럼
살지 않아도 된다

남처럼 살려고

불행한 결정을 내리지 말라.

남을 따라 사는 것은

나를 불행하게 하는 것이다.

나는 나처럼 살면 된다.

남처럼 살면 나는

나에게도 남이 된다.

내가 빠진 나의 삶엔 행복이 있을 수 없다.

남처럼 살려 하면

나도 아니고 남도 아닌 이상한 인생이 된다.

사람으로 교육하지 않으면 사람이 되지 않는다

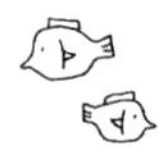

사람으로 교육해야 사람이 된다.

지금 우리가 사는 세상의 문제는 교육받지 못한 결과이다.

사람이 되라고 가르치지 못했기 때문에

사람이 되는 내용을 배우지 못해서 사람 이하의 존재가 되고 말았다.

결국 사람은 보고 듣고 배운 대로 자라고 살아가게 된다.

배운 것이 없으면 본능으로 살아가게 된다.

교육의 목표가 사람의 목표가 된다.

누굴 따라가느냐는 어떤 인생을 살게 될지를 결정하는 것이다.

사람이라면! 사람다운 짓을 배워야 한다.

그런데 우리는 '사람이라면 그래선 안 되지?' 하면서 그 길로 달려간다.

그 길로 아이들을 내몰고 있다.

사람이 아닌 짓을 하며 사람으로 살고 있다.

사람답게 살고 싶다면서 사람다운 짓을 못하고 있다.

사람이라면 사람이 할 짓을 해야 한다.
사람은 태어나지 않고 만들어진다.
'누구와 함께 있느냐?
누구의 말을 듣느냐?
어떤 교육을 받느냐?'에 의해 사람이 만들어진다.
사람답지 않으면 사람은 행복하지 않다.

사람으로 키울 것인가, 짐승으로 키울 것인가?
짐승이라는 말이 멋진 남자라는 뜻으로 통하고 있다.
과연 짐승이 사람보다 나을 수 있을까?
사람답지 못한 사람보다는 짐승이 낫기는 하다.
하지만 인생의 목표가 짐승이어서는 곤란하다.
사람에겐 무한한 가능성이 있다.
성자도 되고, 건달도 될 수 있다.
자선가도 사기꾼도 살인자도 된다.
천사도 악마도 되고, 투사도 의사도 된다.
사람에게만 있는 이 무한의 가능성을
어느 쪽으로 이끌 것인가?

움직이는 건
눈에 띈다

차를 타고 지나다 신호등에 서서

길 건너를 우연히 바라보는데

길 안쪽의 창문 안에서 움직이는 사람의 머리가 보인다.

어두운 곳이라 눈에 띄지 않는 곳인데

고개를 돌리다 나도 모르게 눈길이 멈추었다.

그 순간 눈앞의 모든 장면은 멈추었는데

창 안에 있는 사람 하나만 움직이고 있었다.

화려한 창문도 아니고 잘 보이지도 않는 곳이었지만

움직이는 것이 시선을 사로잡는다.

눈은 본능적으로 움직이는 것을 따라간다.

사람의 눈길을 받으려면 움직여야 한다.

세상의 주목을 받으려면 움직여야 한다.

움직이면 시선을 받을 수 있다.

부지런히 몸을 움직이면 기회를 얻을 수 있다.

옆집 애가 잘 커야 우리 애도 잘 큰다

아무리 잘 키워봐야
옆집 애가 사고 치면 우리 애가 죽을 수도 있다.
평생 고생이 남의 애 때문에 헛수고와 아픔이 된다.
옆집 애가 잘 클 수 있게 돕는 것이 우리 애를 살리는 길이다.
내 아이만 잘 키우면 다 잘될 거라고 생각했는데
그게 아니었다.
잘 큰 내 아이를 잘못 큰 옆집 애가 망칠 수 있다.
우리 애가 잘 커야 하듯 옆집 애도 잘 커야 하고
앞동네 애들이 행복한 만큼 뒷동네 애들도 행복해야 하고
1등이 대접받는 것처럼 꼴찌도 대접받아야 한다.
그렇지 않으면 꼴찌의 울화통이 터지고
그 파편으로 1등이 다치게 된다.
세상이 소란하고 시끄러운 이유는
우리 애만 잘 키우려 했기 때문이다.
내 아이 하나로는
내 아이가 살아가야 할 세상을 절대 바로잡을 수 없다.

How to live a day 08

+

명품보다 행색

전철에서 초라한 명품 남자를 보았다.
명품 메이커 의류를 입고 있는데
빨지 않고 다리질 않아서 참 초라한 모습이었다.
부스스한 얼굴과도 어울리지 않았다.
머리나 감고, 세수하고 로션이라도 바르지
오직 하나 명품을 입었다는 것만으로
위신을 세우려고 했는데
짝퉁 아닌 진품이었지만 짝퉁만도 못한 느낌이 들었다.
말끔한 사람이 짝퉁 입은 것을 보았다면
자기를 포장하려는 노력이 가상하기라도 했을 텐데
구겨진 명품에 씻지 않아 꾀죄죄한 모습은
구겨진 명품 하나에 매달린 형편없는 사람인 듯
봐주기 참 어려웠다.
옷은 진짜 명품이었지만 그의 행색은 정말 아니었다.
무엇을 입었는지보다 어떻게 입었는지가 더 중요하다.
내가 보기엔
좋은 옷을 형편없이 구겨서 입는 것보다
차라리 싸구려 옷을 다려 입는 것이 나은 것 같다.

프로와
아마추어

아마추어는 최소의 연습으로 만족하고,
프로는 최대의 연습으로도 만족하지 못한다.
아마추어는 시간을 채우기 위해 연습하고,
프로는 아무리 연습해도 시간이 부족하다.
아마추어는 겨우 실수하지 않을 만큼 기대하고,
프로는 완전을 기대하기에 월등한 실력에도 만족할 수 없다.
아마추어는 욕먹지 않을 정도면 다행이라 생각하고,
프로는 최고의 찬사를 들어도 뭔가 빠진 것이 있다고 생각한다.

무엇을 하든 한두 번 해보고 충분하다는 생각이 들면
그는 평생 아마추어 인생을 살게 될 것이다.
프로의 여유는 숨 막히는 긴장의 순간에 빛을 발한다.
모든 근육을 정지시키는 긴장 속에서 프로가 여유로운 이유는
오직 한 가지뿐이다.

연습.

아마추어는 쉬기 위해 연습하고

프로는 연습하기 위해 쉰다.

프로는 100번의 연습으로도 만족하지 못하고,

아마추어는 한 번으로도 충분하다고 생각한다.

프로는 1등을 하고도 남을 만큼 연습하고,

아마추어는 꼴지를 면할 만큼 연습한다.

아마추어에 머무르면 결코 프로가 될 수 없다.

How to live a day 09

+

반드시 탈락하는 비결

유명 일간지에 실린, 면접시험에서 반드시 탈락하는 비결 네 가지이다.

1. 면접 시간에 지각하는 사람(47.1%)
2. 말투와 자세가 바르지 않은 사람(22.1%)
3. 기본 상식이 너무 부족한 사람(14.3%)
4. 입사하려는 회사에 대해 잘 모르는 사람(14.0%)

이 네 가지를 모두 합하면 47.1 + 22.1 + 14.3 + 14 = 97.5%이다.
그리고 0.5를 반올림하면 98%가 된다.
혹시 이 네 가지를 모두 가진 사람이 있다면
그는 절대 입사 지원서를 내서는 안 될 사람이다.
2%의 기회가 있기는 해도 그 2%는 사실 불가능의 숫자이다.
죽고 사는 문제라면 그 2%에 희망을 걸어볼 수 있겠으나
과연 그런 사람이 100번을 지원하는 끈기를 가졌을까?

입사 면접에서뿐 아니라 일상생활에서도
떨어지는 삶을 살고 싶다면
이 네 가지 원칙을 숙지하면 된다.
그러나 남들만큼, 그 이상으로 살고 싶다면
이 네 가지의 반대로 살면 된다.
지각하지 말고,
말과 자세를 바르게 하고,
상식적으로 행동하고,
상대를 잘 알면 된다.
그러면 최소한 98점으로는 살 수 있다.

어린아이를 대할 때
전문 지식은 도움이 안 된다

영어, 독일어, 중국어, 일본어는
아이를 진정시키는 데 아무런 도움을 주지 못한다.
아이는 영혼의 순수함으로만 진정된다.
부모가 고집을 피우면 아이도 고집을 피운다.
힘으로 아이를 억압하면 아이는 눈물을 흘린다.
어린아이의 눈물은 무언가 잘못된 것을 알리는 마지막 신호다.
그 눈물이 무시되면 아이는 병들기 시작한다.
아이도 진리를 인식하면 받아들인다.
혼날 일이 아닌 것으로 혼나는 아이는 영혼에 상처를 입지만
위험한 상황에서는 아이에게 큰소리를 쳐도 아이의 영혼은 상처입지 않는다.
아이의 영혼은 본능적으로 상황을 인식하기 때문이다.
진리를 인식하면 강요하고 억압하지 않아도 스스로 따르게 된다.
진리는 의견과 다르다.
어른의 생각은 어른의 의견일 뿐이지 진리는 아니다.

전문가의 생각은 전문적인 의견일 뿐이지 진리는 아니다.

진리는 누구나 설명하지 않아도 알아챌 수 있다.

어린아이의 영혼을 진정시키려면

어린아이도 알 수 있는 순수한 진리로 다가서야 한다.

아이에게 전문 지식 따위는 별 도움이 되지 않는다.

아이들에게 솔직하게 대하라.

아이들보다 더 눈치 빠른 사기꾼은 아무도 찾아낸 적이 없다.

_메리 맥크라켄

한눈팔지 말라

시끄럽게 떠들며 밥상에서

장난치는 아이들에게

어머니가 소리치신다.

“조용히 하고 밥이나 먹어!”

그 한마디에 아이들은

하던 장난을 그치고 밥 먹는 일에 열중한다.

어머니의 호통은 아이들에게

지금 무엇을 해야 하는지를 알려주는 자명종이다.

밥상을 똑바로 보고

지금 해야 할 일에 몰두하는 것이 지혜로운 삶이다.

한눈팔지 않고

우리 눈앞에 다가온 시간을 잘 채우는 것이 행복의 비결이다.

밥상 앞에서 밥 잘 먹는 아이가 땀 흘리며 뛰어놀 수 있듯이

한눈팔지 않고 지금의 삶에 충실한 사람은

조금 후에 즐겁게 놀 수 있다.

목적은 잊어버리고 방법이 목적을 대신하게 되는 때가 있다.
사소한 불편을 없애려고 큰일을 제쳐두는 경우가 생긴다.
많은 사고가 앞을 보지 않고 딴짓을 하기 때문이다.
지금 무엇을 해야 할 때인지 아는 것은 정말 중요하다.
할 일 없을 때 밥이라도 먹어두는 것은 아주 좋은 일이다.

스스로 하는 일은 행복하다

사람은 누구나 스스로 생각하고 행동하길 원한다.
누군가 시켜서 하는 일로는 행복하지 않다.
무엇이든 할 수 있는 사람일지라도
강제로 시키는 일은 싫다.
우연히 일어난 불행은 싫어하지만
스스로 선택한 고난의 길은 힘들어도 행복하고
저절로 찾아온 행복보다
스스로 만들어낸 행복을 더 좋아한다.
아이들은 아버지의 완벽한 정원에서도
자기의 정원을 만들고 싶어 한다.
왜 전쟁에 사람들이 빠져드는가?
행동 속으로 빠지는 것이 좋기 때문이다.
행동은 사람을 취하게 만드는 힘이 있다.
사람은 행동하지 않는 즐거움보다 행동하는 고통을 선택한다.

남의 결정을 대신하지 말고

내 결정을 남에게 미루지 말라.

간섭하지도 간섭받지도 말라.

스스로 하지 않으면 아무것도 얻을 수 없다.

산을 오르면
산을 정복한다

산꼭대기에 서려면
앉아서 꿈꾸지 말고
산을 향해 걸어가야 한다.
정상에 서는 것은 생각이 아닌 몸으로 이루어진다.
공부는 머리로 하는 것이 아니라 엉덩이로 하는 것처럼
무릎 꿇고 하늘의 은혜를 구하는 것으로는 산을 정복할 수 없다.
무릎을 펴고 거친 언덕을 걸어야 한다.
산을 오르기 위해서는 험한 산을 타야 한다.
자리에 앉아서 산을 바라보는 것으로 할 수 있는 일은
수채화를 그리는 정도이다.
세상의 모든 보석은 산 정상에 있다.
산을 오르는 자는 보석을 얻게 될 것이다.
산을 향해 가는 사람은 소망을 얻게 되고
제자리에 멈춰 있으면 아무것도 얻지 못한다.

확신을 가지고 출발한 사람들은

대부분 생각보다 빨리 그곳에 도착한다.

정상에 올라보면

산은 아래서 보는 것처럼 그렇게 높지 않다.

산삼으로 키우라

귀하다면 귀하게 키워야 한다.

사람값을 하게 키워야 사람값을 한다.

세상 사는 법을 가르쳐야 세상을 살 수 있다.

곱게 자란 인삼은 값이 싸다.

곱게 자란 아이는 싸구려 인생이 된다.

산에서 자란 산삼은 비싸다.

비바람을 견디고 눈비를 맞으며

거친 환경의 기운을 자기 몸의 영양분으로 삼았기 때문이다.

바람, 눈, 비를 맞으며 자라야 값진 인생이 된다.

귀하다고 곱게만 키우면 사는 법을 배울 수 없고,

성취의 기쁨, 문제의 맛도 모르게 된다.

완성하는 기쁨, 해결하고 풀어내는 쾌감을 빼앗지 말라.

일을 두려워하는 사람으로 키우지 말라.

일을 즐거워할 줄 모르면 어떤 일도 제대로 할 수 없다.

부모란 자녀에게 사소한 것을 주어
아이를 행복하게 만들어주는 존재다.

_오그든 내시

Magic Wand

남들만큼
하라

남들이 잘 때 자고, 남들이 일어날 때 일어나고
남들이 공부할 때 공부하고
남들이 일할 때 일하면 적어도 남들만큼은 살 수 있다.
남들만큼 안 하면 남들만큼 못 살게 될 것이다.
남들보다 더 하고도 남들만큼 살면 억울하겠지만
남들만큼 하지도 않고 남들만큼 못사는 것을 억울해하지 말라.
보통의 사람으로 살려면 그들이 하는 정도는 따라 해야 한다.
남들이 어느 정도 하고 사나 살펴보고 그만큼은 하라.
그만큼도 안 하면서 그렇게 살 것이라고는 생각하지 말라.

어디로 가야 할지 모르면 대부분 사람이 가는 쪽으로 가라.
그러면 사람들이 도착하는 곳에 이르게 될 것이다.
평범하게 살고 싶으면 평범한 사람들이 하는 정도만 하면 된다.
남들만큼 안 하면 당연히 남들보다 못하게 살고,

남들보다 더 하면 그들 이상으로 살게 될 것이다.

아무것도 안 하면서 다 잘될 것이라고 생각하지 말라.

아무것도 안 하면 아무것도 안 된다.

뭐라도 되게 하려면 뭐라도 해야 한다.

공부가 제일 쉬웠어요?

중국 여행을 갔을 때 함께 간 부동산 중개인 주부가
자신의 아들 이야기를 들려주었다.
고3 아들이 엄마와 함께 공부에 대한 특집 방송을 보고 있었다.
"공부가 제일 쉬웠어요!"
라는 이야기를 듣고 아들이 엄마를 돌아보며 이야기했다.
"참 배부른 소리 하고 있네! 공부보다 어려운 게 어디 있다고!"
자신이 고3이라는 것과 얼마나 힘든지를
엄마에게 하소연하고 싶었던 것이다.
"몸으로 하는 건 아무 생각 없이 하면 다 되지 뭐! 공부가 얼마나 힘든데, 엄마!
나는 공부 끝나면 뭐든지 다 할 수 있을 거 같아!"
아들의 말을 기억하고 있던 엄마는 입시를 마친 아들에게 남편 친구의 공사판에서
아르바이트를 할 수 있게 주선해주었다. 쉬운 일이니 한 달만 해보라고.
첫날 일을 마치고 들어온 아들이 엄마 앞에서 울면서 하소연했다.
"엄마는 사랑하는 아들에게 이렇게 힘든 일을 시켜야 해?"

"네가 일전에 공부보다 어려운 건 없다고 해서 쉽게 할 수 있을 거라고 생각했다. 어른들은 한평생 그런 일을 하며 산다. 네가 지금까지 먹고 자고 학교 다니고 공부할 수 있었던 것은 그런 일을 하는 부모가 있었기 때문이다. 오늘 네가 한 일은 비교적 쉬운 일에 속한다. 남자가 그런 일도 못하면 나중에 아무 일도 못한다. 그렇게 하루 하고 질질 짜지 말고 한 달만 해봐라. 그러면 다시는 그런 일 하라고 안 할 테니까!"

아들은 눈물을 흘리며 한 달을 공사판에서 일했고 그 후로 공부가 어렵다는 말, 살기 힘들다는 말을 다시는 하지 않았다. 자신이 얼마나 편하게 살아왔는지를 한 달 공사판 경험으로 뼈저리게 느꼈기 때문이다.

엄마는 첫날 공사판 일을 하고 들어온 아들의 눈물과 더러워진 옷을 보고 당장 그만두라고 하고 싶었지만 세상을 우습게 여기는 아들의 태도를 고치지 않으면 사람답게 살 수 없을 것 같아서 아들보다 더 많은 눈물을 가슴으로 흘렸다.

다행히 아들은 엄마의 의도를 이해했고, 그 후로 철이 들어서 한 번도 부모 속을 썩이지 않는, 부모 이상으로 열심히 사는 아들이 되었다.

책임의
한계

사람은 어디까지 책임져야 하나?

끝까지 책임져야 한다.

책임을 포기하는 순간 삶은 의미를 상실한다.

그러나 인생의 한계를 넘어서는 책임감은

해결할 수 없는 스트레스를 준다.

사람은 자신의 능력 이상을 책임질 수 없다.

최선을 다해서 책임을 지되,

인생의 한계와 능력 이상은 책임질 수 없다는 것을 알아야 한다.

그때는 하늘이 정한 운명에 맡겨야 한다.

비와 번개를 사람이 책임질 수 없다.

그래서 자연재해는 보험에서도 예외 사항이 된다.

능력 이상의 사건에 대한 책임으로 괴로워하지 말라.

그때는 책임감이 아니라 적응이 필요하다.

행동에는 결과가 따른다.
이것이 삶의 첫 번째 규칙이다.
두 번째 규칙은 이렇다.
자신의 행동에 책임이 있는 유일한 사람은
바로 자기 자신이다.

_홀리 라일

생각 없는 사람이 주인공이 되면

생각 없는 사람이 주인공이 되면
세상이 혼란해진다.
세상이 정돈되는 것은 자연과 생각 둘뿐이다.
자연은 자연을 스스로 정돈하고 생각은 세상을 정돈한다.
생각 없는 사람이 주인공이 되거나 중요한 자리에 앉게 되면
그 자리 이하는 혼돈의 세상이 된다.
바른 생각을 갖지 못한 사람은 바른 결정을 할 수 없기에
그의 주위에는 억울한 사람들이 생겨나게 된다.
좋은 생각을 갖지 못한 사람은 좋은 일을 할 수 없고,
아름다운 생각을 갖지 못한 사람은 아름다움을 추구할 수 없으니
그로 인해 좋은 일은 사라지고, 아름다움은 가치를 상실하게 된다.
생각 없는 사람이 인기를 누리게 되면 세상이 타락하고,
악한 생각을 가진 사람이 관심받으면 세상은 악해지고,
깨끗하지 않은 생각을 가진 사람이 인정받으면

세상은 혼탁해진다.

어떠한 일이 있어도 생각 없는 사람에겐 결정권을 주지 말라.

의원으로 뽑지 말고, 회장으로 선출하지도 말고, 대통령으로 밀지 말라.

인간다운 생각을 가진 사람,

상식적인 판단력을 가진 사람이 주인공이 돼야 한다.

생각 없는 교수는 교육을 논벌이로 만들고,

생각 없는 사장은 사업이 아니라 사기를 벌이고,

생각 없는 종교인은 사목이 아닌 사이비가 되고,

생각 없는 공무원은 장애인 보조금을 유흥비로 탕진하고,

생각 없는 남자는 여자에게 큰소리치고

생각 없는 여자는 남자에게 잔소리한다.

세상을 평화롭게 하는 것은 더 큰 힘이 아니라 바른 생각이다.

개한테 하는 만큼만 하면

운동 부족과 과식으로 비만해진 개가 힘들게 걸어간다.

얼마나 통통한지 개의 민첩함은 기대할 수조차 없고

풍선처럼 부풀어오른 몸에 가느다란 다리 네 개가

굽어지지 않는 막대기처럼 몸을 지탱하고 있다.

약한 다리로 몸무게를 감당하기도 어려운 정도라

방향을 바꾸는 것은 아주 힘든 일이 된 것 같다.

그런 개를 향해 주인은 줄을 살살 당기며 정말 친절하고, 교양 있게 말을 건넸다.

"이리로 오세요!

그쪽 아니에요!

이쪽이에요!

괜찮아요!

놀라지 마세요!"

개 주인인 주부의 말을 들으며
누군가 나에게도 저렇게 친절하면 좋겠다는 생각이 들었다.
내가 저토록 친절한 말을 들어본 적이 있나?
저렇게 교양 있는 톤으로 나에게 말을 건넨 사람이 있나?

그리고 개와 주부를 다시 한 번 쳐다보며 생각했다.
초등학생 정도의 자녀가 있어 보이는 주부인데
아이들에게도 저렇게 친절하고 따듯하게 말을 할까?
아이가 저렇게 보기 흉한 몸매를 가졌다면
개에게 하는 만큼 따듯한 말을 해줄까?
친구들이나 주변 사람들에게도 저렇게 부드러운 말을 해줄까?
함께 지낸 적이 없으니 그 주부가 어떻게 살아가는지는 알 수 없다.
하지만 한 가지 분명한 것은
개에게 하는 만큼만 한다면 더 이상 바랄 것은 없을 듯하다.
혹시 개에게는 친절하고 사람에겐 그렇지 못하다면,
개에 대한 예의는 지키고 사람에 대한 예의를 지키지 못한다면,
개는 존대하면서 사람은 존대하지 못한다면,
개가 사람보다 대접받는 세상에 내가 살고 있는 것인가?

광화문에서 귀공자 같은 개를 본 적이 있다.
누가 봐도 영국 신사 같은 명견이었다.
가꾸기도 참 정성스럽게 가꾸었다.

날마다 샴푸로 목욕을 하는지 찰랑거리는 털은 윤기가 흘러넘쳤다.

개의 표정과 눈빛도 참 선하고 온화해 보였다.

개의 상황을 파악한 후 주인을 올려다보았다.

헝클어진 머리,

찢어진 바지,

도도하고 사나운 눈빛,

이런 개를 가졌다는 당당한 표정,

주렁주렁 달린 귀걸이와 장신구들…….

첫눈에 다가온 느낌은

'개가 훨씬 낫군!' 이었다.

개는 귀공자처럼 가꾸었는데

사람은 완전 날라리 차림이었다.

개한테 하는 만큼만 자기에게 하면 참 좋겠다는 생각이 들었다.

자기계발서 100권을 읽고도 그대로인 이유?

성공 원리를 알고도 성공하지 못하는 나,
이기는 법을 알고도 이기지 못하는 나,
자기계발을 어디까지 해야 하나,
얼마나 더 알아야 하나,
무엇이 더 필요한가?
성공의 원리보다 더 근원적인 것이 있어야 한다.
성공과 변화의 상황에 있어야 한다.
변화의 아픔을 겪지 않기에 변화되지 않고,
성공의 과정을 치르지 않기에 성공하지 못하고,
패배를 딛고 일어서지 않아서 이기지 못한다.
한 번 이기기 위해서는 수십 번의 패배를 경험해야 한다.
그런데 한 번도 패하지 않고 단번에 1등이 되려 한다.
그것이 성공 원리를 알고도 성공하지 못하는 이유이고
이기는 법을 알고도 이기지 못하는 이유이다.

꽃은 따면 죽는다

나를 위해 꽃을 따면 꽃은 내 앞에서 죽는다.
아무리 아름다워도 꽃은 자기 자리에 있어야 한다.
꽃의 아름다움에 취하기는 하되 따지는 말라.
죽어가는 꽃은 더 이상 아름답지 않다.
시들고 썩어서 쓰레기가 될 뿐이다.
제자리에서 활짝 핀 후에 지는 꽃은
씨앗을 남기고 거름이 되지만
꺾인 꽃은 아무리 좋은 꽃병에 꽂아도 썩기 시작하고
따뜻한 집 안에서도 죽어간다.
꽃이 있을 자리는 바람 불고 비가 오는 들판이다.
꽃을 따지 말라!
꽃은 따면 죽는다.

비난으로
책임을 떠넘기지 말라

이 시대를 욕하는 것은 이 시대 사람이 해야 할 일이 아니다.
모든 사람은 자신의 시대를 욕하기 전에 바로잡을 책임이 있다.
이 시대를 욕할 수 있는 사람은 다음 세대 사람들이다.
지금 이 시대를 살고 있는 우리는 이 시대를 만들어야 할 의무가 있다.
어떤 사람은 비난을 통해 자신의 책임을 벗어던진다.
시대를 비난하는 것은 할 일을 다한 것이 아니라
자신의 책임은 회피하며 남에게만 짐을 떠넘기는 것이다.

비난은 어린아이들의 철없는 행동이다.
아이는 부모를 비난해도 부모는 아이를 비난하지 않는 것처럼
성숙한 사람은 책임지고 어린 사람은 비난한다.
젊은 사람들이 세상을 비관하는 이유는
아직 세상을 책임질 만큼 성장하지 않았기 때문이다.
어른이 돼서도 세상을 원망하는 사람은

성숙하지 못하고 나이만 먹었기 때문이다.
자신이 사는 시대를 책임질 생각이 없는 사람은
시대를 잘못 태어난 사람이거나
영원히 철들지 않는 피터팬이다.

믿음 없는 인생은 아무것도 이룰 수 없다

무언가 이루기 위해서는

무언가에 대한 믿음이 있어야 한다.

아무런 믿음도 없는 사람은

어떤 것도 이루어낼 수 없다.

인생은 믿음으로 이루어진다.

산에 오를 수 있다는 믿음이 산을 오르게 하고

바다를 건널 수 있다는 믿음이 바다를 건너게 하고

하늘을 날 수 있다는 믿음이 하늘을 날게 한다.

세상의 모든 새로운 일은

새로운 믿음을 가진 사람에 의해 이루어진다.

각기 다른 믿음을 가졌을지라도

서로 인정해야 하는 이유는

그 다른 믿음으로 수많은 다양성이 실현되기 때문이다.

믿음이 소망이고, 꿈이고, 비전이다.
믿음이 인생을 만들고 세상을 만든다.
사람은 오직 믿음으로 산다.
무엇에 대한 믿음이든 어떤 종류의 믿음이든
삶을 위한 믿음은 다 좋은 것이다.

네가 얼마나 삶을
치열하게 살아가느냐가 중요한 거야.
조금씩 앞으로 전진하면서,
그러면서 하나씩 얻어나가는 거야.
계속 전진하면서 말이야.
그게 바로 진정한 승리야.

_영화 〈록키〉

"끝날 때까진 아무것도 끝난 게 아니지!"

_ 영화 〈록키〉

같지만
다른 이야기

남의 이야기를 옮기려 하지 말라.

그대로 옮길 수도 없고 옮겨지지도 않는다.

같은 이야기라도 두 사람이 하면 두 가지 이야기가 된다.

사람은 각자 자기의 이야기를 하기 때문이다.

이야기의 수준은 이야기하는 사람의 수준으로 결정된다.

건달이 하는 아름다운 이야기는 추한 것이 되고

목사가 하는 추한 이야기는 교훈이 된다.

술집에서 하는 연애담은 음담패설이 되고,

학교에서 하는 연애담은 교육이 되고,

교회에서 하는 연애담은 거룩한 이야기가 된다.

같은 이야기라도

누가 어디서 하는가에 따라

이야기의 수준과 가치가 결정된다.

남의 이야기라도 내가 하는 것은 내 이야기가 된다.

내 입을 통해 나간 모든 이야기는 나를 이야기하는 것이 된다.

남의 이야기를 전하려 하는 것은

남을 핑계 삼아 자신의 생각을 이야기하는 것이다.

이야기의 가치는 스스로 결정되지 않고

이야기하는 사람에 의해 결정된다.

이야기보다 중요한 것은 '내가 어떤 사람인가?' 하는 것이다.

전통

단아하게 뒤로 묶은 머리 모양은
항공사 승무원들의 전형적인 스타일이었다.
획일적인 것을 부담스러워하는
신세대 승무원들이 항공사에 진정을 냈다.
각자의 개성을 업무 규정으로 묶어두는 것은
인권을 침해하는 것이라고,
여성의 머리 모양을 제한하는 것은 성차별이라고,
국경을 넘어다니며 국제적인 업무를 수행하는 사람들에게
어울리지 않는 규정이라고…….
항공사에서는 회사의 이미지를 위해
승무원들의 헤어스타일을 자유롭게 할 수 있도록 허락했다.
그 후로 항공사에는
아직까지 없었던 승객들의 불편 사항이 접수되기 시작했다.
음식에 머리카락이 떨어졌다.

길게 늘어진 머리가 음료 컵을 건드려서 넘어졌다.
머리카락이 누워 있는 승객의 눈을 찔렀다.
돈가스 소스를 승무원의 머리카락이 쓸고 지나갔다.
음식을 나눠주는 속도가 너무 느리다.
컵을 건네주는 횟수보다 머리카락 넘기는 횟수가 더 많다.
승객들의 불편 사항이 신고되기 시작하며
다시 원래의 규정대로 머리를 묶는 승무원들이 늘어나기 시작했다.
그리고 결국에는 모든 승무원이
단아하게 뒤로 묶은 머리 모양을 하고 승객들을 대하게 되었다.
항공사 승무원들은 머리 모양을 원래대로 해야 했지만
이전과 같지는 않다.
아무도 머리 모양으로 불평하거나 스트레스를 받지 않는다.
승객을 대하기 위한 가장 이상적인 모양이라는 것을
비로소 알게 되었기 때문이다.

시켜서 하는 것과 스스로 하는 것은 다르다.
스스로 선택한 것에는 불평이 없다.
그러나 아무리 좋은 것이라도 억지로 하는 것은 구속이 된다.
실패의 경험도 필요하다.
실패한 후엔 전통의 가치를 알기 때문이다.
생각이 깊은 사람은 전통의 이유를 받아들여 이어간다.
그다음으로 생각이 있는 사람은 경험을 통해 전통을 받아들인다.

생각이 없는 사람은 전통을 일단 거부한다.

그리고 오랫동안 고생한 후에 비슷한 전통을

다시 세우기 위해 아주 많이, 아주 오래 고생한다.

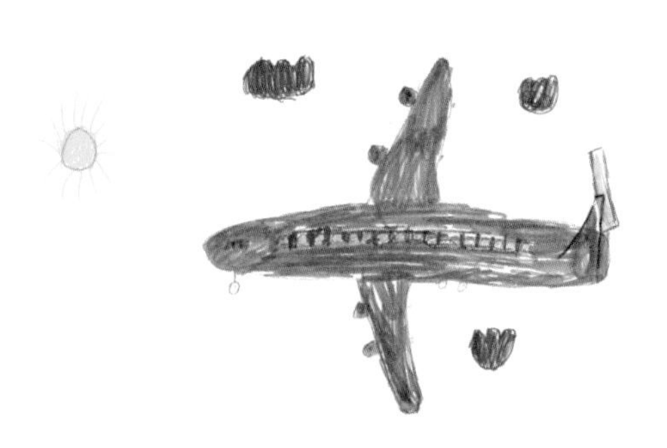

학점을 짜게 주는 이유

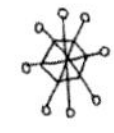

나의 대학생활에서 기억나는 가장 낮은 점수는 D(60점)이다.
대학원에서도 같은 점수를 받은 적이 있다.
대학에서 받은 D는 신학영어라는 과목에서였다.
해외 유학을 마치고 돌아온 교수님의 첫 학기 수업이었다.
딱 한 번 결석했는데 그때 알려준 시험 요령이
영어 작문이 어려우면 한글로 답을 적어도 괜찮다는 것이었단다.
그 사실을 듣지 못한 나는
한글로 쓰기도 힘든 주제를 끝까지 영어로 적다가
형편없는 점수를 받은 것이다.
대학원에서 받은 D도 독일 유학을 마치고 돌아온 교수님의 첫 수업이었고
아주 작은 실수 하나로 받은 점수이다.
그 후로 두 교수님은 다시는 D라는 점수를 주지 않았다고 한다.
D라는 학점은 절대 주어서는 안 될 점수라는 것을
첫 학기를 마친 후에 깨달았다고 한다.

타향에서 박사학위를 마치고
불타는 학구열을 가지고 귀국한 교수님들의 평가 기준은
평생 따라다니게 될 학생들의 성적표가 아닌
본인의 열정적인 학구열과 높은 지적 수준이었다.
그렇게 많은 학생에게 평생의 상처를 남긴 후에
학교와 학생들의 탄식을 들으며 본인들의 실수를 인식하였다.

경험도 없고, 인생을 품을 넓은 시각을 갖지 못한 사람은
남에게 후한 점수를 주지 못한다.
점수를 잘 준다고 손해 볼 것도 없고,
수입이 줄어들지도 않고, 누가 욕하는 것도 아니고,
힘든 것도 아닌데, 초보자는 점수를 짜게 준다.
그저 자기 실력이 대단하다는 것을 인정받고 싶기 때문이다.
남을 향해 넉넉한 마음을 갖지 못하는 사람,
다른 사람에게 좋은 점수를 주지 못하는 사람,
남을 깎아내리고 부족한 것만 지적하는 사람은
아직 철이 덜 들었거나 경험이 없거나
다른 인생을 보는 큰 눈을 갖지 못했기 때문이다.
남에게 주는 점수를 적게 매기는 사람은
아직 점수를 어떻게 매겨야 하는지 모르는 사람이다.

전철역에서 배구를

한가한 오후 신길역 구내에서
고등학생 둘이 배구공을 손으로 쳐서 주고받는다.
유리로 만든 안전막이 있기는 하지만
그리 높지 않아서 넘어갈 수도 있는데…….
천정은 뚫려 있지만 사람이 넘어갈 수 없을 정도로 양쪽이 다 막혀 있으니
배구공이 철로에는 떨어지지 않을 것으로 생각하는 것 같다.
약하게 배구를 하던 학생들은 자신이 붙었는지
점점 공을 세게 치기 시작하고, 웃음소리도 점점 커진다.
옆 사람이 움찔할 정도로 세게 치던 공이 결국
엉뚱한 방향으로 튀더니 안전막을 넘어 철로로 떨어졌다.
철길에 떨어진 공을 보며 학생들은 탄식을 쏟아냈다.
"공을 그렇게 치면 어떻게 해?"
"잘 받았어야지!"
"잘 받게 줘야 잘 받지!"

"아! 짜증나! 어떡하지?"

"아, 씨! 차 들어온다!"

"빨리 넘어가서 꺼내 올까?"

"다음 차 타야 하는 거 아냐?"

"지금 그게 문제야? 공이 터질지도 모르는데!"

"역무실에 가서 물어보자!"

"혼나지 않을까?"

"글쎄!"

"에이 몰라. 꺼내 올래!"

한 학생이 안전막을 넘어가려고 하는 순간

옆에서 지켜보고 있던 노인이 소리를 질렀다.

"어딜 넘어가! 죽으려고 그래? 그깟 공 하나 때문에?"

노인의 호통에 학생들은 멈칫하더니 서로에게 짜증 섞인 말을 주고받는다.

"살살하자니까?"

"내가 처음부터 안 된다고 했잖아!"

"언제 그랬어! 좋다고 해놓고!"

"내 공이잖아!"

전철이 들어와서 내가 올라탈 때까지 학생들은 계속 구시렁대고 있었다.

학생들은 정말 배구공이 철로에 떨어지지 않을 거라고 생각했을까?

물론 철로에 떨어질 가능성이 있다는 것은 알고 있었을 것이다.

하지만 그렇게 되지 않기를 바라는 희망이 더 컸기에

전철역 구내에서 위험을 무릅쓰고 배구를 한 것이다.

우리는 희망 사항이 현실이 되기를 간절히 기대한다.
그리고 그 기대를 의지해서 행동한다.
그러나 희망 사항은 현실이 아니다.
현실은 전혀 바라는 대로 펼쳐지지 않는다.
희망이 현실이 되는 것은 우연이고 절반의 확률일 뿐이다.
'혹시?'를 기대하고 행동하면 실수한다.
간절히 바란다고 희망이 현실이 되지는 않는다.
잘못될 가능성이 있는 건
잘못된다는 전제하에 행동해야 실수하지 않게 된다.
물론 실수해도 아무 문제없을 때는 상관없다.
허나 실수해서 큰일이 날 상황에서는 희망 사항으로 행동하지 말라.
전철역 구내에서 배구를 하며
공이 철로에 떨어지지 않을 거라는 생각은 착각이다.
간절한 희망, 애절한 기대는 착각과 같은 수준이다.
희망 사항으로 살지 말고 현실에 맞게 살아야 한다.

인내

인내는 타고나기도 하지만
대부분은 만들어지는 것이다.
인내를 배우지 못한 사람은 성공할 수 없다.
참지 않고 될 일은 없기 때문이다.
참아야 한다.
참지 못하면 아무것도 이룰 수 없다.
인내력이 가장 큰 능력이다.
저절로 참아지지 않는다.
어쩔 수 없는 상황에서 참게 된다.
때로는 자신을 인내의 소용돌이로 몰아넣어야 한다.
그렇지 않고는 참는 것을 배울 수 없다.
참는 만큼 성취할 수 있다.
지식이 있으면 참을 수 있다.
믿음과 확신이 있으면 참을 수 있다.

가치를 알고 중요성을 인지하면 참을 수 있다.

힘이 있으면 참는 것이 조금은 쉽다.

흥미와 재미가 있으면 시간 가는 줄 모른다.

흥미를 느끼려면 관심사를 넓혀야 한다.

많이 배웠더라도 인내를 배우지 못했으면

아직 한참 덜 배운 것이고

많은 것을 배우지 못했어도

참는 것을 배웠으면 거의 다 배운 것이다.

편안한 방석에 앉으면
잠에 빠져든다

어느 정도까지 편해져야 더 편한 것을 찾지 않을까?

'게으른 자는 그 손을 그릇에 넣고도 입으로 올리기를 괴로워하느니라.' (잠언 19:24)

삼천 년 전 다윗 왕의 아들 솔로몬이 기록한 내용이다.

얼마나 편하기를 바랐기에

그릇에 담긴 음식을 입으로 가져가는 것조차 괴로워했을까?

이보다 더 게으를 수 있을까?

이보다 더 편한 것이 있다면 무덤에 눕는 것 외엔 없을 것이다.

죽기로 마음먹지 않았다면

지금보다 편해지기를 소망하지 말라.

의자가 발전하면 소파가 되고

소파가 발전하면 침대가 된다.

앉아 있는 것보다 기대는 것이 편하고

기대는 것보다 눕는 것이 편하다.

눕는 것보다 더 편한 것은 자는 것이고

자는 것보다 더 편한 것은 죽는 것이다.

편해지는 것의 끝은 무덤이다.

아직 죽을 준비가 되지 않았다면 더 편한 것을 찾지 말라.

불편함을 이기는 것은 삶을 위한 투쟁이고

편한 것에 익숙해지는 것은 삶을 내려놓는 것이다.

방석 없는 의자를 불평하지 말라.

편한 방석에 앉으면 잠에 빠져들게 될 뿐이다.

울면서
두 그릇

나의 친구 현관의 38년 전 어린 시절 이야기다.
그해 여름, 복날이 되어 가족들의 영양 보충을 걱정하던 할아버지가
곰곰이 생각하시더니 손자들이 기르던 개 중에서 현관의 개를 잡기로 했다.
학교 갔다 오면 특별히 할 일이 없던 아이들은
할아버지를 졸졸 따라다니며 하시는 일을 구경했다.
현관은 자기가 기르던 개의 목에 새끼줄을 묶을 때만 해도
어디로 끌고 가시려는 줄 알았다.
그런데 할아버지는 새끼줄을 나무에 걸치더니 잡아당기기 시작했다.
"할아버지, 계속 당기면 내 개가 죽어요!"
"그래, 안다! 오늘 저녁에 먹으려고 그런다!"
그 말에 현관은 충격을 받았지만 당시만 해도 집에서 기르던 개는
언젠가는 식탁에 오르는 것이 당연한 일이었다.
오늘이 현관의 개가 식탁에 오르는 날이었다.
끌려가지 않으려던 현관의 개는 결국 나무에 매달려 발버둥을 쳤다.

얼마나 세게 버둥거리는지 새끼줄이 끊어졌다.
줄이 끊어지자 현관의 개는 도망쳐서 마루 밑으로 들어가버렸다.
끊어진 새끼줄과 마루 밑을 번갈아 보며 고민하던 할아버지는
현관에게 자루 하나를 건네주었다.
"현관아! 개를 자루에 담아 와라!"
현관의 개가 자루에 담긴다는 것은
돌아올 수 없는 길을 가야 한다는 의미였다.
할아버지의 말을 거역할 수도 없고 개를 잃고 싶지도 않은 현관은
처음으로 자신의 개가 자기 말을 듣지 않기를 바랐다.
자기를 피해 멀리 도망가기를 바랐다.
하지만 현관이 자루를 들고 다가가자
개는 꼬리를 치며 한 걸음 앞으로 나왔다.
마루 아래 숨어 있는 개를 향해 현관은 울면서 말을 걸었다.
"이리로 들어와!"
현관의 말을 듣고 개는 눈물이 가득 고인 채 자루 안으로 들어왔다.
주인도 울고 개도 울었다.
할아버지는 손자들의 눈물을 뒤로하고 개를 다시 매달았다.
그리고 저녁이 되어 현관과 누이동생 한나의 밥상에 갈비가 올라왔다.
맛있게 먹으라는 할아버지의 말을 듣고 둘은 울면서 갈비를 뜯었다.
자신의 개를 생각하면 눈물이 흘렀지만 갈비는 맛있었다.
현관과 동생은 울면서 한 그릇을 다 먹고 또 한 그릇을 먹었다.
갈비를 뜯고 나서도 한동안 현관은 계속 눈물을 흘렸다.

개에 대한 미안함,

할아버지에 대한 서운함,

먹을 것을 포기할 수 없는 배고픔,

멈추지 않고 흐르는 이유를 설명할 수 없는 눈물…….

현관은 아직도 그때의 미묘한 감정을 이해할 수 없다고 한다.

How to live a day 5

진리와 농담

마음을 바르게 갖지 않으면
보는 것이 보는 게 아니고,
듣는 것이 듣는 게 아니고,
아는 것이 아는 게 아니다.

값진 성과를 얻으려면
한 걸음 한 걸음 힘차고 충실하지 않으면 안 된다.

_단테

사람은 눈으로 보지 않고 마음으로 본다

짐승은 눈으로 세상을 보나 사람은 마음으로 세상을 본다.

아이가 보는 세상과 어른이 보는 세상은 같지만 같지 않다.

어른이 보는 세상을 아이는 볼 수 없다.

마음이 다르기 때문이다.

같은 세상을 보고 있지만 서로 다른 것을 보기에

저렇게들 서로 옳다고 소리치고 있는 것 아닐까?

자기의 이야기를 강조하는 사람의 말은 다음의 공식과 같다.

+ ! - ? = % - # × ÷ ± @ - $

사람은 머리로 보고, 지식으로 보고, 마음으로 보고, 영혼으로 본다.

똑같은 눈을 가졌어도 눈이 아닌 생각으로 보기에

선수가 보는 것과 코치가 보는 것이 다르고,

직원이 보는 것과 주인이 보는 것이 다르고,

아랫사람이 보는 것과 윗사람이 보는 것이 다르고,

앞사람과 뒷사람이 보는 것이 다르고,

오른쪽 사람과 왼쪽 사람이 보는 것이 다르고,
작은 사람과 큰 사람이 보는 것이 다르다.
마음이 없는 사람은 사물을 바르게 인식하지 못하고
사건을 파악하지 못하고 문제를 이해하지 못한다.
그래서 답을 찾지도 못한다.
마음을 바르게 갖지 않으면
보는 것이 보는 게 아니고,
듣는 것이 듣는 게 아니고,
아는 것이 아는 게 아니다.
눈은 마음의 상태에 따라서
보기도 하고 못 보기도 한다.
그러니 이제부터 내가 본 것으로 다툼을 일으키지 말라.
내가 본 것은 내가 아니면 아무도 볼 수 없는 것일 수 있고
내가 보는 세상과 남이 보는 세상은 같지만 같지 않기 때문이다.
내 마음과 남의 마음이
같은 것 같으나 같지 않은 것처럼…….

싸우는 건
진짜가 아니다

정의를 외치며 싸우는 사람들.
그들의 정의는 누구를 위한 것인가?
먹고살 만하니 심심풀이로 정의를 선택한 건 아닌가?
욕심을 부리면 존경받을 수 없기에
정의롭지도 않으면서 정의를 선택한 건 아닌지!

진리를 외치며 순교를 밥 먹듯 이야기하는 사람들.
그들의 순교는 무엇을 위한 것인가?
작은 차이를 감수하지 못해
사람을 향해 거침없는 비난을 퍼붓는 것이
진리를 위한 것이라고 생각하고 있는 걸까?

가난한 사람은 불쌍히 여기지만
경쟁자에게는 한 치의 양보도 베풀지 않는 모습.

어떻게 똑같은 사람을 그렇게 다르게 대할 수 있을까?

종교의 이름으로 전쟁을 불사하는 사람들.
그들의 싸움은 무엇을 위한 것인가?
그들의 사랑과 자비는 누굴 위한 것인가?
가끔 자기 성질을 못 이겨
불속으로 뛰어드는 어리석은 사람처럼
자기의 불타는 신앙심을 못 이겨
종교로 세상을 전쟁터로 만들려 한다.

어떤 아름다운 것으로 포장해도
싸우고 있는 신앙은 참 신앙이 아니다.
양보하고 희생하지 못하기 때문에 싸우는 것이다.
그 순간 두 사람은 참 신앙에서 비켜나 있다.
종교의 이름으로 사람을 대항하고, 싸움을 일으키는 것은
신앙의 참모습을 포기하는 것이다.
싸우는 것은 진짜가 아니기 때문이다.

고민의 원인을 알라

많은 사람이,
아니 세상의 모든 사람이 고민하고 있다.
어리다고 무시하지 말라.
아이는 유치한 고민을 가지고 있긴 하나
해결하지 못하는 안타까움은 어른과 다르지 않다.
어린 고민을 무작정 혼내지 말고 원인을 찾고 길을 알려줘야 한다.

고민하는 근본 원인이 무엇인가?
영혼인가, 물질인가?
물질 문제라면 영혼을 괴롭히지 말라.
물질 문제는 해결할 수 있는 물리적 방법을 찾아서 애쓰면 된다.
영혼 문제라면 물리적인 해결책을 구하지 말라.
영혼 문제는 영적인 추구로만 해결된다.
돈이 없어서 고민하고 있다면
산으로 가서 기도하기보다는 일터로 가서 땀을 흘리는 것이 낫다.
사람 문제라면 사람을 찾아가야 하고,
마음 문제라면 수양을 쌓아야 하고,
영혼 문제라면 신을 찾아가야 한다.
문제의 근본을 알면 해결 방법을 알 수 있고, 대부분 해결된다.
배 아픈 사람이 두통 약을 아무리 먹어도 낫지 않는 것처럼
고민의 내용을 분명히 알지 못하면 절대 해결되지 않는다.

사물의
가치를 재는 자

물은 마시기 좋고,

석탄은 불 때기 좋고,

양털은 옷 만들어 입기 좋다.

물로 실을 짜거나 석탄을 입거나 양털을 마실 수는 없다.

어떤 사람들은 사물의 용도를 바꾸려 한다.

그들에겐 모든 것의 가치를 구분하는 능력이 부족한 것 같다.

만물은 자체로 순수한 가치를 가지고 있고

고유한 용도가 있다.

사람의 지혜는 다양한 만물의 가치를 찾아내고 그에 맞게 사용하는 것이다.

하나의 기준으로 모든 것을 평가할 순 없다.

그런데 현대는 모든 것을 돈으로 평가한다.

아이들도 여러 가지 중에서 하나를 선택하라고 하면

어느 것이 비싼지를 물어본다.

필요한 것이 아닌 비싼 것이 선택의 기준이 되어버렸다.

그리고 아이들은 그렇게 선택한 물건을
어디에 써야 할지 몰라 방구석에 처박아둔다.
기준이 잘못 적용되면 용도를 찾지 못하게 된다.
사물의 가치는 각각의 자로 재야 한다.
양털로 불을 지필 수는 있으나 석탄처럼 오래 지속할 수는 없다.
사람을 재는 것도 각각의 기준을 적용해야 하는데
지금 우리는 오직 하나의 잣대로 모든 사람을 재고 있다.
그러니 실패자와 낙오자가 그렇게 많을 수밖에…….

How to live a day 10

+

가슴으로 하는 말, 머리로 하는 말

가슴에서 나오는 말은 진실한 말이다.
듣는 사람의 마음에 위로를 주고 힘을 준다.
머리에서 나오는 말은 잘난 척하는 말이다.
머리로는 사람을 행복하게 할 수 없다.
냉철하고 똑똑하게 분명하게 할 뿐이다.
그런 것으로는 나 아닌 다른 사람을 행복하게 할 수 없다.
머리에서 나는 말은 인간을 변화시키지 못한다.
사람은 가슴으로 마주 대할 때 변화를 일으킨다.
사람을 화나게 하는 말은 머리에서 나오고
화를 진정시키는 말은 가슴에서 나온다.
지식으로 머리를 채우는 사람은 유능한 사람이 되고,
지식으로 가슴을 채우는 사람은 현명한 사람이 된다.
논리로 말하지 말고 온정으로 말하라.
논리로는 싸움만 키울 뿐이다.

사회는 진보하지 않는다

인간은 진화하고 사회는 진보한다?

삼각형이 진보해서 사각형이 되는 것이 아니듯

밀림의 공동체가 진화해서 도시 사회가 되는 것이 아니다.

모양이 다를 뿐이다.

모든 사회는 동시에 존재한다.

다만, 상황에 따라 생성되는 기능과 사라지는 기능이 있을 뿐이다.

전기다리미가 나오면 무쇠다리미를 사용하지 않는 것처럼…….

그러나 전기가 끊어지면 전기다리미도 사용할 수 없게 될 것이다.

새 기술이 생기고 새 물건이 나오는 것은 진보가 아니다.

오히려 사람의 타고난 기능을 후퇴하게 만든다.

자동차를 타는 도시인은 원주민보다 세련되긴 하지만

원주민만큼 민첩하지 못하고 건강하지도 않다.

기계를 다루는 기술을 습득하긴 했으나

몸을 사용하는 법은 잃어버렸기 때문이다.

차를 타는 사회는 진보된 사회이고

걸어다니는 사회는 미개한 사회인가?

첨단 기능으로 무장된 도시인은

활과 창을 든 원주민보다 생존력이 약하다.

발달한다는 것은 다른 모습으로 변화하는 것이지 진보는 아니다.

한쪽에선 전진하나 다른 쪽에선 후퇴하는 것이 사회 발전이다.

진리에
독점권은 없다

진리는 많이 배운 사람들의 전유물이 아니다.

박사와 교수, 전문가들의 신경전을 보라.

그들은 서로 다른 견해로 인해 점잖은 말 속에 독을 탄다.

그들의 표정과 말은 신사적이나

그 속에는 건달의 주먹질보다 더한 것이 있다.

농부와 노동자의 갈등은 술 한 잔으로 해소되지만

철학자의 갈등은 진수성찬으로도 해결되지 않는다.

많이 배운 사람들이

한쪽으로 치우쳐 진리를 왜곡할 때

잘나지도 않고 예리한 지성도 없는 사람들이

중용의 덕으로 살고 있는 것을 발견한다.

그들은 한평생의 연구와 오랜 세월의 연구를 통해

세상에 편만한 진리를 비로소 확인하고 놀라워하지만

평생 땅을 파고 짐을 나르며 땀 흘리는 일꾼들은
아무렇지도 않게 그 진리 속에서 살아가고 있다.
진리는 한 부류에 의해 독점되는 것이 아니다.
때로는 위대한 학자가
어린아이도 알고 있는 진리를 모르기도 한다.

빛을 얻으려면
그림자도 받아들여야 한다

빛이 있는 곳에 그림자가 존재한다.
빛이 흐리면 그림자도 흐리고
빛이 강하면 그림자도 짙어진다.
밝은 빛을 원하는 사람은
선명한 그림자도 각오해야 한다.
단점이 없는 물건을 기대하는 것,
부족함이 없는 사람을 기다리는 것,
단 한 번도 실수하지 않는 성공을 바라는 것,
책임과 의무 없는 명예와 권리를 소망하는 것은
그림자 없는 빛을 기대하는 것과 같다.

모든 것에는 장점과 단점이 있고
좋은 면과 나쁜 면이 있고
단맛과 쓴맛, 오른편과 왼편이 있다.

장점을 받아들이는 것은 단점을 받아들이는 것이고

좋은 면을 인정하는 것은 나쁜 면을 인정하는 것이고

단맛을 즐기는 것은 쓴맛을 즐기는 것이고

오른편을 환영하는 것은 왼편을 환영하는 것이어야 한다.

그런데 우리는

장점과 좋은 면과 단맛과 오른편만을 기대한다.

인간의 망상은 그렇게 시작된다.

이야기 해석론

세상의 모든 이야기에는 의미가 담겨 있다.
각각의 이야기는 자체의 가치를 가지고 있다.
이야기는 해석하는 사람에 의해 좋을 수도 나쁠 수도 있다.
이야기는 원자재, 음식 재료, 원석과 같다.
어떻게 가공하고 꾸미느냐,
어떻게 바라보고 의미를 더하느냐가 이야기의 가치를 결정한다.
이야기 자체보다 더 중요한 것이 가공과 해석 능력이다.
이야기 해석하는 능력을 길러야 참 이야기꾼이 될 수 있다.
듣는 대상에 따라 다르게 해석해야 하고,
지역과 배경에 따라, 문화와 사회,
구성원의 학력, 수준이 고려되어야 한다.
가장 많은 사람이 공감할 수 있는 해석,
공통적인 해석을 해내는 사람이 유능한 이야기꾼이 될 수 있다.
이야기를 잘하고 싶으면 많이 모아야 하고,
다양한 주제의 이야기를 구분할 수 있어야 한다.
이야기는 저절로 모아지지 않는다.
낚시꾼처럼 좋은 이야기를 만나면 자기 앞으로 낚아채야 한다.

모든 사물과 대상 속엔 이야기가 담겨 있다.
그것을 꺼낼 줄 아는 사람이 이야기의 주인이 된다.
이야기가 담기지 않은 사람과 사건, 사물은 없다.
세상의 모든 것에는 이야기가 담겨 있다.
이야기를 듣는 눈과 귀와 머리와 감각을 가져라.
그리고 그 이야기를 대상에 맞게 다시 구성하고
듣는 사람들의 귀를 솔깃하게 해야 한다.
솔깃하지 않은 이야기는 시작하지도 말라.
하나의 이야기에는 하나가 아닌 셀 수 없이 많은 의미가 담겨 있다.
금광에서 금을 캐듯,
하나의 이야기 속에서 새로운 의미를
찾아내는 것이 해석자의 능력이다.
새로운 의미 하나가 더해지면
이야기의 대상과 용도는 그만큼 확장된다.

세상엔
이런 것도 있다

형보다 나은 동생, 동생만도 못한 형

선배보다 나은 후배, 후배만도 못한 선배

교수보다 나은 학생, 학생만도 못한 교수

어른보다 나은 아이, 아이만도 못한 어른

판사보다 나은 범인, 범인만도 못한 판사

사장보다 나은 직원, 직원만도 못한 사장

진짜보다 나은 가짜, 가짜보다 못한 진짜

1등보다 나은 꼴찌, 꼴찌만도 못한 1등

부자보다 나은 거지, 거지만도 못한 부자

목사보다 나은 건달, 건달만도 못한 목사

중보다 나은 중생, 중생만도 못한 중

천재보다 나은 바보, 바보만도 못한 천재

장군보다 나은 병사, 병사만도 못한 장군

왕보다 나은 신하, 신하만도 못한 왕.

인간성에 대한 이야기다.

인간성은 배워서 되는 것이 아니고,

나이로, 실력이나 경력으로,

신분이나 재산으로 되는 것도 아닌가 보다.

이런 사람들은 어떻게 이리도 좋은 인간성을 갖게 되었을까?

저런 사람들은 어떻게 저리도 못된 인간성을 갖게 되었을까?

공짜는 없다

남의 공짜는 나를 화나게 한다.
그렇다면 나의 공짜도 남을 화나게 할 것이다.
나의 공짜는 너희 마음을 상하게 하고
너의 공짜는 우리 마음을 상하게 한다.
공짜는 한 사람을 행복하게 하고 많은 사람을 불행하게 한다.
그 한 사람의 공짜를 위해
많은 사람이 대가를 치러야 하기 때문이다.
남의 복권 당첨에 억울한 느낌이 드는 것은
내가 얻을 수 있는 것이었기 때문이다.
공짜는 이유 없이 남을 미워하게 만들고,
모든 사람을 경쟁자로 만들고,
일확천금의 환상에 매달리게 한다.

나의 공짜는 나를 게으르게 한다.

요행을 바라는 인격으로 만들어 기회주의자로 살게 한다.

공짜가 좋은 것은 하나도 없다.

수고한 대가를 정당하게 받는 것이 가장 좋은 것이다.

공짜를 바라는 만큼 불행으로 시달리게 된다.

남의 공짜를 부러워하지 말고,

나도 공짜를 바라지 말라.

줄 건 빨리 주고, 받을 건 빨리 포기하라.

즐기는 사람이 진짜다

진정한 음악가는 음악을 즐기는 사람이다.
매달린 사람은 진짜가 아니다.
정치에 목매다는 사람은 정치가가 될 수 없다.
그는 많은 사람의 목을 매달 것이다.
명예와 자존심에 매달린 사람은 결코
명예와 자부심을 얻지 못할 것이다.
일에 매달린 사람은 일을 잘하는 사람이 아니다.
자신의 인생과 타인의 인생을 즐겁게 할 줄 아는 사람이
정말 일을 잘하는 사람이다.
매달린 사람은 진짜가 아니다.
즐길 줄 아는 사람이 진짜다.
그것을 통해서 즐거움을 얻느냐가
진짜인지 아닌지를 결정한다.

죽을힘을 다해 진실을 추구하다 보면
비록 진실의 옷자락조차 잡지 못하겠지만
스스로를 자유롭게 할 것이다.

_클라렌스 대로우

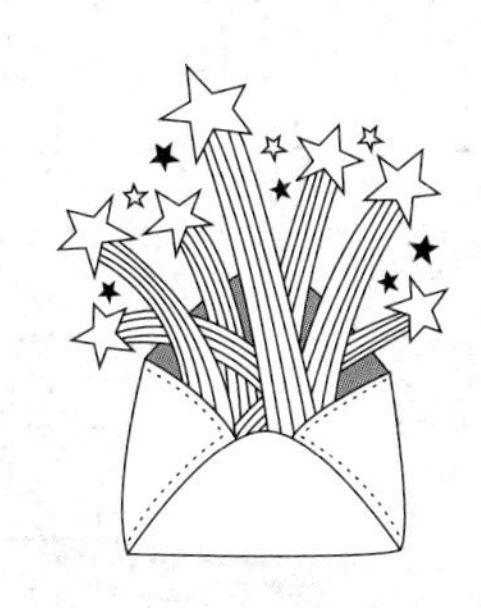

죽든지
최선을 다하든지

불행을 견딜 수 있는 힘은 누구나 가지고 태어난다.
어떻게 해도 피할 수 없는 사태가 일어나면
죽든지 최선을 다해 살든지 둘 중 하나를 택할 수 있다.
사람은 항상 살아나는 것을 선택한다.
살아가려는 본능을 가지고 태어나기 때문이다.
본능을 거부하지 말라.
죽음의 문턱에서도 살길을 찾는 것이 인생의 본질이다.
살기 위해 최선을 다하든지 죽든지
우리가 할 수 있는 것은 둘 중 하나뿐이다.
다만, 산 개가 죽은 사자보다 낫다.

지루한 건
행복이다

따분하다는 것은 무엇이든 할 수 있는 상태이다.
아무것도 시작하지 않아서 지루하고 따분할 뿐이다.
삶이 무료하다면 그 무료함을 부러워하는 사람들을 만나보라.
매 순간 고통에 시달리는 환자,
통증으로 한순간도 편히 누워 있을 수 없는 사람,
아픔으로 손 하나도 움직일 수 없는 사람들을 만나보면
무료하고 지루한 것, 아프지 않고 편히 누워서 고민할 수 있다는 것이
얼마나 큰 행복인지 알 수 있다.
지루하고 따분한 것은 사람이 누리는 최고의 사치 중 하나이다.
이른 아침에 일터로 나가서 밤늦게 들어오는 사람에게 물어보라.
한가한 시간이 얼마나 소중한지,
아무것도 하지 않는 여유가 얼마나 행복한 것인지.

아는 것과 모르는 것 사이

안다는 것은 무엇인가?
그것이 정말 유익한 것인가?
'알 만한 거 다 아는 사람이?'
'다 아는 사람이 왜 그래?'라는 말은
알지만 아무 소용없다는 말이다.
아는 것이 모르는 것만 못하다는 뜻이다.
아는 것과 모르는 것은 어떤 차이가 있는가?
아는 것이 모르는 것이고 모르는 것이 아는 것이다.
안다고 큰소리치고 거만한 것보다, 모르고 겸손한 것이 낫다.
몰라도 잘 살고 있으면 아는 것과 다를 바 없고,
알아도 막살고 있으면 모르는 것만도 못하다.

모르면서 아는 척하는 것보다
솔직하게 모른다고 하는 것이 낫다.

모를 수밖에 없는 이유를 분명히 밝히면
사람들은 그를 정직한 사람으로,
그것만 모르는 사람으로 이해하지만
아는 척하는 사람, 잘난 척하는 사람은
아무것도 모르면서 아는 척하는 사람으로 인식된다.
너무 많이 알려고 하지 말라.
아는 것이 대수는 아니다.
아는 만큼 사랑하지 않으면 정죄하게 된다.

잘난 것보다 못난 것이 낫다

큰 것이 항상 좋은 것은 아니다.
너무 커서 감당할 수 없는 것은 인간성을 훼손한다.
새것이 항상 좋은 것도 아니다.
너무 많은 기능을 가진 신제품은 정신을 산만하게 한다.
잘난 것이 늘 좋은 것도 아니다.
잘나서 싸우는 것보다 못나도 화목한 게 낫다.
힘 있고, 많이 알고, 많이 가진 사람은
싸우기 위한 만반의 준비를 마친 사람이다.
싸울 준비를 하고 있는 사람은 누구를 만나도 행복하지 않다.
그에겐 잘나고 능력 있는 것이 불행의 씨앗이다.
행복하려면 차라리 못나서 잘 어울리는 것이 낫다.
싸울 만큼 많이 알지 말고, 불행할 만큼 잘나지 말라.
필요하지 않은 신제품을 사지 말고
무작정 더 큰 것을 기대하지도 말라.
사는 것만 복잡해질 뿐이다.

만족할 줄 알면 욕되지 않고, 그칠 줄 알면 위태롭지 않다.

_도덕경

항상
통하는 것

모든 사람과 통하는 것
언제라도 사람의 마음을 끌어당기는 것
세상이 변하고 또 변해도 여전히 통하는 것
진실, 정직, 재미, 유머, 인간성, 독창성, 눈물, 아픔, 감동…….
인간의 본성을 움직이는 것은 언제나 통한다.
통하지 않는 것은 이런 것이 없기 때문이다.

자기 행동이
자기에게 상처를 준다

남의 행동으로 받은 마음의 상처는

그와 멀어지면 서서히 회복된다.

남의 잘못된 행동은 욕하고 싸우면 후련해질 수 있다.

그러나 자신의 잘못된 행동을 향해서는 욕할 수도, 싸울 수도 없다.

자신의 잘못된 행동은 자신의 마음에 깊은 상처를 입힌다.

그것은 후회와 탄식을 통해 나타나는데

아무리 후회하고 한숨을 쉬어도 나아지지 않는다.

스스로의 행동으로 입은 마음의 상처는

떠오를 때마다 깊어진다.

함부로 말하고 성급하게 판단하고 무례하고 당돌한 것은

남에게 상처를 주어서 관계를 깨뜨리는 동시에

조금 지나면 자신에게 더 큰 상처를 준다.

그리고 좀처럼 씻을 수 없는 아픔으로 오랫동안 힘들게 된다.

남을 위해서가 아닌 자신을 위해서 점잖게 행동하라.

남을 힘들게 하고 남에게 함부로 하는 행동은
남보다 나를 더 힘들게 하는 것이다.
신사답고 숙녀다운 것은 남보다 자신에게 더 좋은 일이다.

서민으로
살아가기

모든 사람이 상류층을 꿈꾸지만
현실에서는 대부분 서민으로 살고 있다.
이루어질 수 없는 꿈으로 괴로운 인생을 살기보다
차라리 서민으로 사는 것에 익숙해지면
더 만족하며 살 수 있지 않을까?
이룰 수 없는 꿈이 주는 낙망과 좌절과 패배감,
그것보다는 봄날의 따스함과 한여름의 산들바람
허기를 채워주는 국수 한 그릇으로 행복할 줄 아는
서민 정신으로 살아가는 것이 낫다.

역사 속의 위대한 인물들은 서민 정신을 가진 사람들이었고
서민의 삶을 이해하는 사람들이었다.
상류층은 부러움의 대상이긴 하지만 존경받지는 않는다.
세상이 존경하는 사람들은 서민적 삶을 살았던 사람들이다.

누구도 상류층이라는 것으로 사람을 존경하지는 않는다.
서민으로 완성된 삶을 살아가는 사람이 진정한 감동과 위로를 주기 때문이다.
참다운 인생은 상류층이 아닌 서민의 삶 속에 있다.

얼굴은 그 사람을 확인시켜주는 껍데기일 뿐이야.
형식일 뿐이라고. 형식은 아무 의미 없어.

_영화 <개와 고양이에 관한 진실>

진리와
농담

사람들은 진리보다 농담을 좋아한다.
진리만을 이야기하는 사람들은 정죄하고, 비난하고,
다툼을 일으키고, 기분을 상하게 하기 때문이다.
농담은 기분을 좋게 하고, 분위기를 살리고, 호감을 주고, 즐겁게 한다.
농담 속에 진담을 담으면, 웃으며 진리를 받아들인다.
웃음이 인기 있는 이유는
웃음으로 전달하면 진리도 즐겁게 배울 수 있기 때문이다.
농담을 한마디도 할 줄 모르는 언제나 심각한 사람은
모든 피조물 중에 유일하게 웃을 수 있는
인간의 고유한 능력을 상실했기 때문이다.
농담을 잃어버린 사람은 무겁고 피곤한 인생을 살게 된다.
농담과 진리를 조화시킬 줄 아는 사람이 진정한 인간이다.
오직 진실만을 이야기하는 것은
둥글게 떠오른 달을 보고 짖어대는 견공처럼

귀여운 어린 토끼에게도 으르렁대는 호랑이처럼
인정이라고는 없는 짐승의 본능으로 살려는 것과 같다.

농담 속에 진담이 많다.

_서양 속담

사람의 평가 기준

인간을 위해 한 푼도 사용하지 않는 사람은
아무리 높은 자리에 있거나 부자일지라도 존경받지 못한다.
그에게 기대할 수 있는 것은 비인간성과 안하무인,
돈과 그 힘으로 생기는 권력의 피해뿐일 것이다.
돈을 많이 가진 사람이라고 성공한 사람도 아니고
높은 자리에 있다고 쓸 만한 사람도 아니다.
얼마나 가졌느냐, 어디에 있느냐가 아니라
무엇을 위해 어디에 얼마를 쓰느냐,
자신의 자리를 어떻게 사용하느냐가 존경의 요인이다.
재물과 권력, 신분과 지위, 지식과 능력 등
사람이 가진 것으로는 소유자를 평가할 수 없다.
그 가진 것을 무엇을 위해 쓰고
누구에게 베푸느냐가 평가의 기준이 된다.
적게 가진 사람이 적게 베푸는 것은

많이 가진 사람이 많이 베푸는 것보다 큰 것이다.

많은 것에선 많이 떼어내도 역시 많지만

적은 것에서는 조금만 떼어도 삶이 위협을 당하기 때문이다.

사람은 무엇으로 존중받는가?

우리는 무엇으로 사람을 평가하는가?

나는 무엇 앞에서 허리를 숙이고 있는가?

진리는 스스로 존재한다

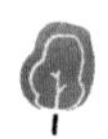

어느 날 문득 어린아이가 엄마를 염려하기 시작하는 것처럼
가르치는 사람이 없어도 진리는 깨달아진다.
전하고 보존하는 사람이 없어도 진리는 이어진다.
세상 가운데 자연법칙이 존재하듯
인류 가운데 심겨진 진리는 스스로 존재하고 스스로 활동한다.
하늘이 하나님의 영광을 선포하고
땅은 인간의 고귀함을 표현하고
날은 날에게 말하고
밤은 밤에게 지식을 전한다.

진리는 인간에게 종속되어 있지 않다.
인간이 진리를 거부해도 진리는 사라지지 않는다.
진리는 세상 속에 갇혀 있는 것도 아니다.
누구라도 깊은 연구와 묵상 속에서 진리를 발견할 수 있다.

아무 생각 없는 아이도 어느 날 문득 철이 들고 삶을 깨닫는 것은
진리가 인간의 내면이 아닌 외부에 이미 존재하고 있기 때문이다.
진리는 어느 한 사람이 지킬 수 있는 것도 아니고
힘 있는 사람이 혼자서 차지할 수 있는 것도 아니다.
사람은 없는 진리를 만드는 존재가 아니기에
이미 있는 진리를 따르고 순응할 때 진리를 얻게 된다.

How to live a day 11

+

목표가 행복이다

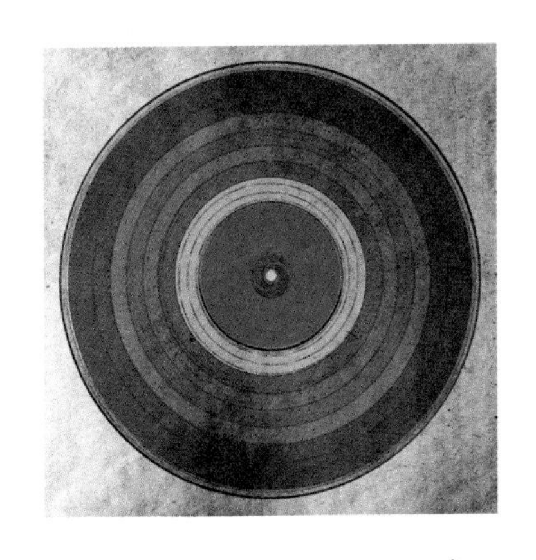

목적지에 이르지 못해도
달려갈 길이 있다는 것만으로 사람은 행복하다.
가장 불쌍한 사람은 달려갈 길이 없는 사람이다.
추구할 것이 없는 인생,
해야 할 일이 없는 인생보다 재미없는 인생이 또 있을까?
활동 자체가 행복이 되고
목표를 이루지 못해도 목표를 따라가며 겪는 과정이 행복이다.
그리고 목적지에 도착하면 성취감으로 또 다른 행복을 얻게 된다.
목표가 없는 사람은 행복할 조건이 아무것도 없는 것이다.
인생은 존재하는 것만으로 의미를 갖지만
아무런 활동도 하지 않으면 존재의 가치마저 잃어버릴 수 있다.

마지막
결정의 순간

일상사의 말을 다 믿지 말고
평소의 행동을 전적으로 신뢰하지 말라.
말과 생각이 다를 수 있고,
처음과 끝이 다를 수 있다.
남자는 다 여자를 잡아먹는 늑대라고 하던 처녀가 결혼을 한다.
그녀의 핑계는 "늑대도 먹고 살아야 하잖아!"였다.
사랑을 믿지 않던 사람이 결국엔 사랑을 선택한다.
그녀의 말은 확고한 철학이 아닌 사랑을 이루지 못한 푸념이었다.

마지막에 도달하면 우리는
늘 하던 말이 아닌 진짜 원하는 것을 선택한다.
"절대 나는 그렇지 않을 거야!" 하던 사람이
마지막 순간에는 그렇게 한다.
최종 결정을 내릴 때

사람들은 평소 말하던 것과는 다른 결론을 내린다.
결국의 상황이 되기 전에 하는 말들은
그저 해보는 말일 뿐이다.
마지막 선택의 순간이 되면
사람들은 진정으로 자신이 원하던 것을 선택한다.
마지막 순간이 되기 전에 결론을 내리지 말라.
그 순간이 되기 전엔 어떤 사람인지 알 수 없고
그 순간이 되기 전엔 어떤 일이 벌어질지 알 수 없다.

세상은 그냥 두고 나를 바꾸라

나는 세상을 바꿀 수 없다.
나는 나를 바꾸는 것만 가능하다.
바꿀 수 없는 것을 속상해하면 언제나 불행하다.
버릇없는 친구는 바뀌지 않는다.
죽을 때까지 버릇없이 살다 갈 것이다.
친구의 버릇을 고치겠다고 나서면
싸우거나 헤어지거나 원수가 된다.
친구보다 차라리 나를 바꾸는 것이 쉽고 빠르다.

차는 항상 정시에 도착하지 않는다.
차가 일찍 오고 늦게 오는 것을 바꾸려 하지 말라.
일찍 오면 얼른 올라타고
늦게 오면 조용히 기다려라.
항상 제시간에 차를 타기 바라면 자가용을 사라.

모든 사람은 정직해야 하고,

항상 나에게 친절해야 하고,

내 마음에 들게 행동해야 한다고 생각하지 말라.

그렇게 되지 않을 때가 더 많다.

그 모든 사람을 바꾸려면 나는 잔인한 독재자가 돼야 한다.

모든 사람이 나를 위해 바뀔 수는 없지만

내가 모든 사람을 위해 바뀔 수는 있다.

둘 중에 하나만 바뀌면 세상은 달라진다.

내가 바뀌면

세상은 그대로이지만 전혀 다른 세상이 된다.

새로움을 위해
진리를 버리지 말라

어떤 사람들은
새로운 것에 대한 호기심으로 전통 가치를 포기한다.
더 이상 새로운 것을 얻기 어려운 때에
사람들은 전통 가치관을 흔들고 싶어 한다.
새것이 전통 가치를 흔들기 시작하면
그때는 위기의 순간이다.
새것은 더 새것이 나오면 고전이 되지만
한 번 무너진 전통 가치는 다시 회복되지 않는다.
단순히 고전을 현대의 것으로 바꾸는 것이라면 괜찮지만
가치관을 흔드는 것이라면 신중히 선택해야 한다.
스승의 위엄은 한 번 무너지면 다시는 회복되지 않는다.
학생은 스승의 위치에 오르면 안 된다.
그 후로 모든 교육은 지식 전달에 머무르게 되고 인격 수양은 불가능해진다.
인기를 위해 새것을 선택하면

그 또한 인기가 떨어지는 순간 버림받는 스승이 될 것이다.

많은 작가가 새로운 스토리를 만들기 위해
부덕하고 파괴적인 어두운 세계를 펼친다.
그들이 만들어내는 새로운 이야기는 잠시 즐거움을 주고
그 후로 끊임없이 가치관을 공격하는 악마의 군대가 된다.
한적한 책상에 앉아서 무한한 상상의 나래로
세상을 추락시키는 사람들,
그는 자신의 경력에 작품 하나를 더하고 있지만
어떤 사람에게는 평생 살아갈 가치관의 뿌리를 썩히는 것이 된다.

새것을 위해, 아직 없는 것, 신선한 아이디어를 위해
진리와 순수와 바른 가치관을 버리는 것은 옳지 않은 일이다.
새로운 이야기를 위해 악하고 잔인한 것을 만들어내는 사람은
대중에게 인정받을 수는 있어도
그가 흔든 가치관으로 세상은 소란해진다.
아직 없는 작품을 만든다는 이유로 기존의 가치관을 버리지 말라.
작가의 말장난으로 세상은 난장판이 될 수 있고
철없는 인생이 어둠의 터널로 빠져들 수 있다.

행복은
과학이 아니다

과학적인 연구로 행복을 정의하려는 사람들이 있다.
수학이나 물리학이나 심리학으로는 행복을 찾을 수 없다.
수치와 계산으로 행복의 양상을 알 수 있을지는 모르지만
사람을 행복하게 할 수는 없다.
행복은 감성이기 때문이다.

행복에는 평균도 없고, 기준도 없다.
아무것도 없이 행복할 수 있고
모든 것을 가지고도 불행할 수 있다.
어떤 사람은 커피 한 잔으로 행복하고
어떤 사람은 책 하나로 행복하고
어떤 사람은 장난감 하나로 행복하고
어떤 사람은 말 한마디로 행복하다.
남들과 같으면 행복할 것 같아서

열심히 남들처럼 살려고 애쓰는 사람들이
남만큼 되어서 하는 말,
"이게 아니로구나!"

나의 행복은 나의 삶 속에만 있다.
내 생각과 내 마음에, 내 인생 속에
나의 일과 나의 관계와 내 사람들에게 나의 행복이 있다.
어떤 학문과 정확한 통계로도 나는 행복해지지 않는다.
대통령을 만나는 것보다 고향 친구를 만나는 것이 나를 행복하게 한다.
행복은 멀리 있지 않고 가까이 있기 때문이다.
어려운 사람을 만나서 호텔 음식을 함께 먹는 것보다
편한 사람을 만나서 분식을 먹는 것이 낫다.
행복은 크기나 모양, 수치나 계산으로 얻어지는 것이 아니다.

자유

억지로 수도승이 된 사람보다
스스로 장사꾼이 된 사람이 더 행복하다.
인간은 자유로워야 행복할 수 있다.
원치 않는 풍요보다 원하는 빈곤이 기쁨을 준다.
광야에서 40일을 금식하고
평생 가난으로 시달리다가 누명을 쓰고
십자가에 매달려 죽어가는 마지막 순간에 남긴 예수님의 말씀,
"다 이루었다!"
자신이 가야 할 길이었고 스스로 정한 길이었기에
자신을 처형하는 병사들을 향해
"저들을 용서하소서!"라고 할 수 있었다.

사람이 선물할 수 있는 가장 큰 선물은 자유다.
정말 좋은 것을 주고 싶은 사람에겐

내 마음에 드는 물건을 사주는 것보다
무엇이든 살 수 있는 선택권을 주어야 한다.
사주는 물건을 받는 사람의 눈빛에는
51% 고마움과 49%의 포기가 들어 있고
원하는 것을 살 수 있는 선택권을 받은 사람의 눈은
100% 고마움으로 섬광처럼 번득인다.
사람이 사람에게 선물할 수 있는 가장 큰 것은 자유다.
그래서 현대인들이 가장 선호하는 선물 1위가 현금인 것이다.

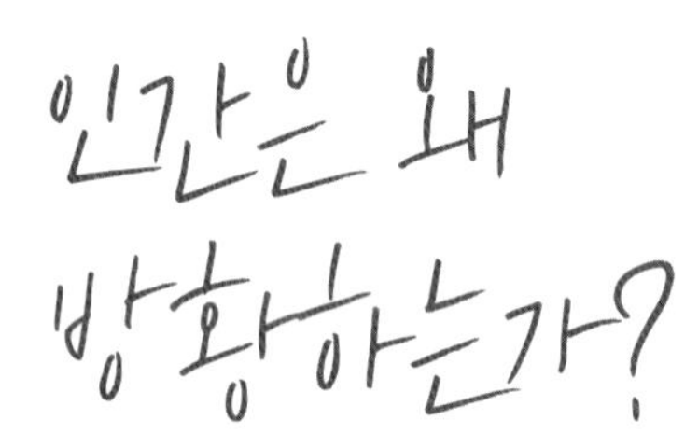

길이 정해지지 않으면 방황한다.
길을 몰라서, 길이 열리지 않아서,
목적지가 없어서, 목적 설정이 잘못되어서 방황하고
현실을 받아들이지 못하면 방황한다.
자기 현실을 떠난 사람이 어디서부터 시작할 수 있겠는가?
자기의 선택을 책임지지 않으면 방황한다.
책임지기 시작할 때 비로소 방황은 방향이 된다.

모든 책임은 개인적이다

피해자는 있지만 가해자가 없는 것은
집단이 피해를 가할 때 생기는 현상이다.
단체가 범죄를 저지르고
집단이 부도덕한 일에 빠지고
기관이 타락하고 사회가 병들어도
그것들은 괴로워하지 않고 번민하지도 않는다.
집단의 타락으로 인해 범죄가 발생하지만
집단은 책임지지 않는다.
책임은 언제나 개인이 지게 된다.
기관과 단체와 사회는 인격이 없고 양심도 없다.
그러기에 책임을 느끼지 못하고 양심의 가책도 받지 않는다.
가책과 번민은 그중에 착한 개인의 몫이다.
범죄는 단체가 저지르나 가책은 개인적이다.
100명의 집단이 저지른 일을 책임질 때

한 명이 1%를 책임지면 될 것 같지만

그것은 계산일 뿐이고

그중에 양심 있는 사람만 100% 책임을 지게 된다.

집단에 휩쓸려 혼자 할 수 없는 일을 행할 때

책임을 나누면 얼마 안 될 것이라고 생각하지 말라.

그중에 한두 명이나 서너 명이

각각 100% 도합 400%의 책임을 지게 된다.

당신 혼자 전부 책임지게 될 수도 있다.

어울리면 못된 짓을 하기 쉬운 이유가

책임은 나누어질 것이라는 착각 때문이다.

책임은 절대 나누어지지 않는다.

잘못을 깨달은 한두 명이나

재수 없는 한 사람이 전부 지게 된다.

외적으론 장례식,
내적으론 잔치

친한 선배의 아버님이 돌아가셨다는 연락을 받았다.
슬픈 표정으로 장례식장을 들어서는데 분위기가 밝다.
영정 앞에서 우는 사람들이 있기는 한데
상주들의 얼굴은 장례식이라기보다 잔칫집 표정이다.
맞이하는 선배에게 분위기가 왜 이러냐고 물어보았다.
"응! 아버님이 많이 도와주고 가셨어!"
영정 앞에서 인사를 마치고 선배와 마주 앉아 사연을 물어보았다.

"늘 병치레하던 아버님 연세가 아흔이 다 되셨거든. 자식들이 병원비 대느라고 해마다 수백만 원씩 들어갔었지. 그런데 돌아가시기 며칠 전 몸이 갑자기 좋아지셔서 퇴원하셨어. 오랜만에 자전거를 타겠다고 나가셨다가 자전거를 끌고 신호등을 건너는데 급정거하던 승용차가 살짝 밀어서 자전거와 함께 쓰러지셨지. 병원으로 실려 가셨는데 갈비뼈가 부러진 거야. 워낙 몸이 약하던 분이라 합병증이 생겼고, 악화돼서 운명하셨는데, 사망 원인이 지병이 아닌 교통사고 후유증으로 내려졌어. 그래서 형제들이 들어두었던 보험 혜택을 받게 되었고, 사고 차의 보험 회사에서 위로금이 꽤 지급되었어. 돌아가실 날만 기다리고 있던 형제들이 소식을 듣고 모여 대책을 상의하는데 보험금과 보상금으로 자식들이 그동안 들인 병원비보다 훨씬 많은 금액을 나눌 수 있게 된 거야. 그래서 아버님이 자식들을 위해 마지막으로 기운을 차리신 것으로 생각하기로 했어. 아버님도 늘 돌아가실 때가 지났다고 하셨거든. 그래서 외형적으로는 장례식장이지만 내용적으로는 잔칫집이 된 거야!"

장례식을 마친 후 얼마 있다가 선배는
늘 타고 다니던 중고차가 아닌 새 차를 끌고 나타났다.
"선배! 새 차 장만하셨네요!"
"응! 아버님이 마지막으로 주고 가신 거야!"
"하하하! 좋은 거 주고 가셨네요!"
"그럼! 감사하지!"
그 사건 이후로 나는 한 가지 결심을 했다.
나이 들어 기운이 떨어져도 절대 집 안에 누워 있지 않으리라.
비가 오든 눈이 오든 바람이 불든 밖으로 나가서
할 일 다 하고, 탈 거 다 타고, 구경할 거 다 하며 다니리라.
혹시 아는가?
나도 지병으로 죽지 않고 사고 후유증으로 죽게 될지!
그러면 남아 있는 가족들에게 큰 도움을 줄 수 있겠지!
하하하!
내가 죽어도 잔칫집 같은 장례식장이 되면 좋을 것 같다.

오늘 하루
어떻게
사시려고

초판 1쇄 인쇄 2014년 7월 28일
초판 1쇄 발행 2014년 8월 4일

지은이 | 김홍식
펴낸이 | 전영화
펴낸곳 | 다연
주 소 | (413-120) 경기도 파주시 문발로 115 세종출판벤처타운 404호
전 화 | 070-8700-8767
팩 스 | 031-814-8769
이메일 | dayeonbook@naver.com
본 문 | 미토스
표 지 | 서진원

ISBN 978-89-92441-54-4 (03810)